Zwischen Bayern und Böhmen

Maria Mader

Zwischen Bayern und Böhmen
eine Zeitzeugin erzählt

*Bibliografische Information der Deutschen Nationalbibliothek:
Die Deutsche Nationalbibliothek verzeichnet diese Publikation
in der Deutschen Nationalbibliografie; detaillierte bibliografische Daten sind im Internet über http://dnb.dnb.de abrufbar.*

© *2015 Maria Mader*

*Herstellung und Verlag: BoD – Books on Demand,
Norderstedt*

ISBN: 978-3-7347-7555-0

Inhaltsverzeichnis

Das Drama auf der Elbebrücke im Juli 1945   S. 19

Erlebnisse bei meiner Vertreibung   S. 25

Endlich angekommen in Bayern   S. 33

Wochenteller geht auf Wanderschaft   S. 46

Meine Großeltern u. der Christbaumständer   S. 49

Schmerzhaftes und Sportliches   S. 63

1947 werde ich Mitterdirn und fliehe erneut   S. 73

Mein Gedicht   S. 88

Herbst 1948   S. 97

Nähschule   S. 108

In der Großstadt	S.110
Meine Großmutter	S.114
Bei Tante Anschi	S.117
Hans	S.131
Freizeitvergnügen	S.147
Arbeiten im Akkord	S.150
Landsmannschaft	S.158
Heimatbesuche	S.176
Erinnerungen an eine Fahrt nach Gartitz	S.179
Ein unvergessliches Original aus Gartitz	S.182
Tellnitz – Arbesau – Schöbritz	S.187

Unterwegs in der Welt	S.214
Die Dörfel-Familie	S.215
Über meine alte Heimat	S.236
Sonntags-Ausflugsziele unserer Familie in der Heimat	S.240
Vier Generationen Wilke	S.244
Franz Wilke	S.249
Tag der Heimat 2003	S.253
Was bedeutet uns „Vertriebenen" heute „Heimat"?	S.256
Als die Bayern den Pflug nach Böhmen brachten	S.258
Vier Jahrzehnte Heimatklänge	S.263

Spätes Wiedersehen in Kulm	S.266
In der Volksschule von Kulm	S.272
Unermüdliches Knüpfen am Netzwerk	S.275
CSU-Ausrutscher beschert neue Mitglieder	S.278
Rezept für Gefüllte Krautwickel-Sarma	S.280
Flucht durchs verregnete Trostberg	S.283
Großvater erzählt	S.291
Mauerfall	S.297
Der etwas ungewöhnliche Weihnachtsbrief	S.302
Mein bester Volksschulkamerad Franz P.	S.305
Im September 1946 tschechischem Mob entkommen	S.308

Bänkel – Hochdeutsch: Schemel   S.310

Heimatreise der Donauschwaben   S.314

Christl Wilke   S.318

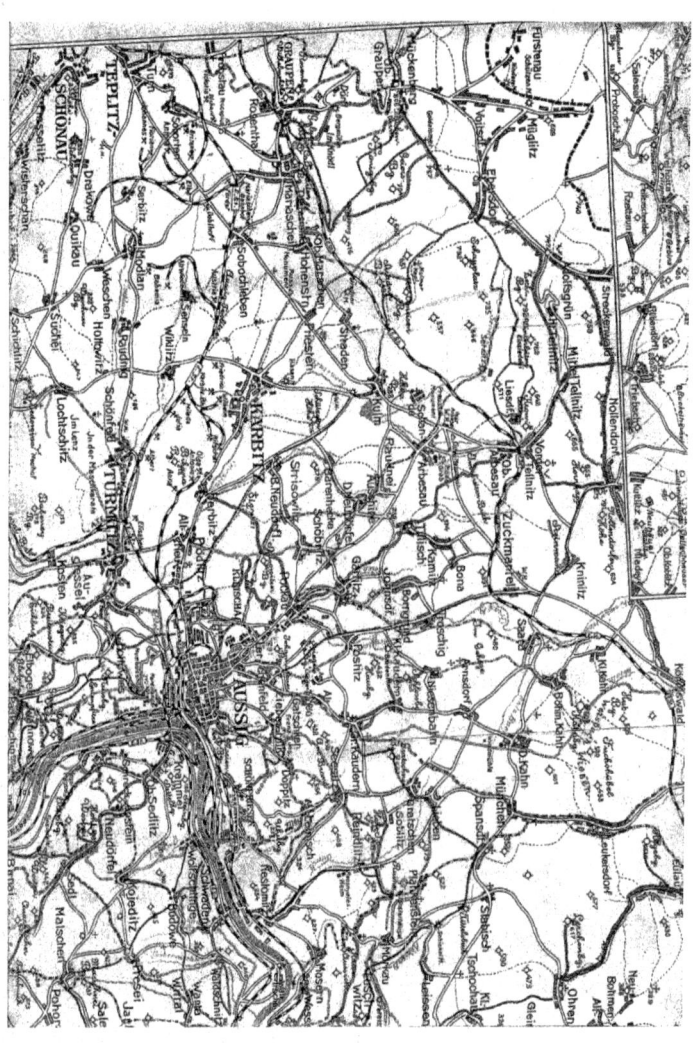

Grußwort

Liebe Leserinnen und Leser,

was bedeutet eigentlich Heimat? Ist es der Ort unserer Geburt? Ist es der Ort, an dem wir den Großteil unseres Lebens verbringen? Oder ist es ein gefühlsbetonter Ausdruck enger Verbundenheit? Der deutsche Schriftsteller Paul Keller hat einmal gesagt: „Heimat ist nicht Raum, Heimat ist nicht Freundschaft, Heimat ist nicht Liebe – Heimat ist Friede."

Für Maria Mader ist Erding zur lieb gewonnenen und friedlichen Heimat geworden. So wie viele tausende andere Menschen hat auch sie in Erding ihren Frieden gefunden. Vertrieben aus Böhmen ist sie vor knapp 50 Jahren nach Erding gelangt und hat sich hier von Beginn an wohlgefühlt. Die Menschen haben sie mit offenen Armen empfangen und so ist nicht München, sondern Erding zu ihrer ganz persönlichen Weltstadt mit Herz geworden. In all den Jahren hat sie jedoch Böhmen niemals vergessen. Sie hat sich leidenschaftlich für die Erinnerung, für ihre

Geschichte und die Geschichte so vieler tausend anderer Vertriebener engagiert. Menschen wie Frau Mader sind Vorbilder und verdienen unsere Bewunderung. Vertreibung, Flucht, Verlust der Heimat – sie zeigen uns, dass man auch in oft schwierigen oder sogar aussichtslosen Situationen nicht den Mut verlieren darf. Eigeninitiative, Engagement und Fleiß sind die Eigenschaften, die Menschen wie Maria Mader auszeichnen. Wir sind froh, sie hier in unserer Mitte zu wissen. Sie alle haben unsere schöne Heimat noch lebens- und liebenswerter gemacht!

Ihre Ulrike Scharf, MdL
Staatsministerin für Umwelt und Verbraucherschutz

Vorwort

Seit zwanzig Jahren kenne ich meine entfernte Verwandte Maria Mader[1] auch persönlich sehr gut und weiß, wie sehr sie in ihrer Geburtsheimat verwurzelt geblieben ist. Ihr besonderes Talent, von den Ereignissen anschaulich zu erzählen und zu schreiben, die uns Jüngeren nur sehr allgemein bekannt sind, und ihr persönlicher Einsatz für die Sache der Vertriebenen vor Ort sind bewunderungswürdig und wert, unverfälscht erhalten zu bleiben.

Sowohl die dargestellten Ereignisse wie die Sicht der Dinge sind bedeutende Dokumente des schweren Schicksals ihrer Generation. Mich freut daher besonders, dass dies zweite Büchlein trotz krankheitsbedingter Behinderungen und trotz großer Schmerzen doch noch fertig geworden ist.

Ich habe mich daher gerne der kleinen Mühe unterzogen, ihre Texte aufzuzeichnen und mit

---

[1] Ihre Großmutter Emma Wilke ist die Schwester meiner Großmutter von Vaters Seite.

ein paar Anmerkungen zum besseren Verständnis zu versehen.

Danken möchte ich Herrn Arwed Vogel für seine Bearbeitungen bis zur Drucklegung. Er ist ein Schulfreund des einzigen Kindes der im Buch genannten Trull, die mit ihren ungewöhnlich präzisen Erinnerungen auch sehr mitgeholfen hat, alles wieder lebendig werden zu lassen, und deren Jugend in Prag in den preisgekrönten[2] Roman ihres Sohnes Hannes Gramich Eingang gefunden hat[3]. Er liegt inzwischen auch auf Englisch vor.

---

[2] Sudetendeutschen Förderpreis für Schrifttum und Publizistik 1995.

[3] Brücke über den Fluss, München 1995, 320 S. - Mein Roman 'Die Brücke über den Fluss' erhielt den Sudetendeutschen Förderpreis für Schrifttum und Publizistik 1995; der Roman erschien dann im Jahre 1996 bei Langen-Müller. Im Jahre 2008 erschien meine Übersetzung als 'The Bridge over the River' bei Parthian; im Jahre 2010 erschien ein 'reprint' in etwas anderer Aufmachung.

Im Gegensatz zu Deutschland, wo mein Buch kaum Aufmerksamkeit außerhalb der Sudetendeutschen Kreise erhielt, wurde ich hier von einigen Zeitungen und Magazinen gebeten, Artikel über den Hintergrund zu schreiben, da hier die Vertreibung wie auch anderes deutsches Leid so gut wie unbekannt ist. (J. Gramich) Johannes lebt verheiratet in Wales.

Weiter mitgearbeitet haben Frau Herrndobler, Laura Böhm, Florian Remm, Tereza Behr. Ihnen und allen weiteren Helfern ein herzliches Dankeschön.

Hinweisen möchte ich an dieser Stelle auch auf den ersten Teil ihrer Lebenserinnerungen[4], der inzwischen schon viele Leser gefunden hat.

Georg Weis
2014

---

[4] Maria Mader, Meine Kindheitserinnerungen im Schatten der Monumente, Copyright bei der Autorin, Erding 2008.

Vorwort zur 2. Auflage

Danke für den regelmäßigen Zuspruch und die vielen Ermunterungen derer, die an mein Buch geglaubt haben. Insbesondere gilt mein Dank Georg Weis und Arwed Vogel, ohne deren Mithilfe das Erscheinen meines Buches fraglich gewesen wäre.

Meine regelmäßigen Besuche in der alten Heimat gaben mir die Kraft, am Buch zu arbeiten.

Seit vielen Jahren ist mein Wahlspruch „Arbeit ist immer das richtige Mittel gegen alles Weh des Lebens".

Maria Mader

Das Drama auf der Elbebrücke am 31. Juli 1945

Am 31. Juli 1945 war meine Mutter mit meinem Bruder und mir schon vormittags unterwegs zur Waldwiese neben der Jägerhütte, die damals an die Aussiger Jäger verpachtet war, um Heu zu wenden und später aufzuhäufeln, damit es der Knecht meiner Großeltern anderntags holen konnte. Wir hatten unsere Brotzeit mit, weil es den ganzen Tag dauern würde.

Der Weg ist steil und liegt nahe des Kamms des Erzgebirges, von wo aus man gut bis nach Aussig reinsehen konnte.

Plötzlich hörten wir großen Donner und sahen zuerst Rauch, dann Feuer und eine Explosion. Was konnte nur passiert sein?

Beklommen dachten wir an Vatl, der bei der Bahn nur noch als Arbeiter schuften musste, während er vorher im Ausbesserungswerk auf der anderen Elbeseite als Werkmeister gearbeitet hatte. Abends kam er immer mit der Straßenbahn heim.

Die Angst schnürte uns die Kehle zu. „Wir verstauen die Rechen im Schuppen und gehen langsam heim",

Blick von der Ferdinandshöhe

sagte Mama schließlich.

Vatl kam erst um zehn, total ausgelaugt und kaputt. Er war über Karbitz gekommen, immer nur neben der Straße im Schutz der Bäume. „Noch heute Nacht müssen wir nach Sachsen über die Grenze, man macht hier Jagd auf Deutsche!", schlug er vor, doch Mama weigerte sich, so einfach fortzugehen. „Ich kann doch meine alten Eltern in Kamitz nicht allein lassen!" Das liegt etwa eine Stunde von uns entfernt.

Später hat sie es bitter bereut und Vatl um Verzeihung gebeten, denn Mama und Papa kamen später ins tschechische Konzentrationslager Lerchenfeld, wo sie so schwer misshandelt wurden, dass Papa sich nicht mehr erholt hat.

Nach der Vertreibung hat Herr Rotsch es gewagt, uns zu erzählen, dass er und und seine Brüder schon wochenlang vorher gezwungen worden waren, als Fahrer von den drei Lastwägen ihrer eigenen Spedition tote Deutsche aus dem Lager Lerchenfeld ins Krematorium und Waffen und Munition in die Zuckerfabrik nach Schönpriesen zu fahren, immer begleitet von einem oder zwei Soldaten mit aufgepflanztem Bajonett.

Am 31. Juli um 10 Uhr war er in Aussig, und als er immer mehr tschechische Milizen, Partisanen und tschechische Männer auf den Straßen sah, war ihm das so verdächtig, dass er nicht mehr weiterfuhr. Zum Glück hatte er seine Scheibe heruntergekurbelt, so dass er hören konnte, was ihm ein Bekannter aus dem Hafen, der Verlader Wanke Alois, im Vorübergehen auf Tschechisch sagte, ohne ihn anzusehen: „Bring dich in Sicherheit, heute passiert was!" Da läuteten bei ihm die Alarmglocken. Auszusteigen traute er sich nicht mehr, da er ja als Deutscher die weiße Binde am Arm trug. Kurzerhand drehte er ab und fuhr nach Hause. Halb drei sah er ein Flugzeug über Schönpriesen kreisen, das etwas abwarf, und gleich darauf gab es eine große Explosion dort, und zugleich ging eine Hetzjagd auf der Brücke und in Aussig los. Vorher hatte es Schnaps für die Swoboda-Armee und den Pöbel gegeben.

Am nächsten Morgen erschienen fünf zivile Tschechen und herrschten ihn an, den Motor anzulassen und sie unverzüglich nach Streckenwald zu fahren, dort ließen sie ihn unter Drohungen warten. Sie hatten Latten bei sich und prügelten die Streckenwalder halbtot. Als sie ihr Mütchen gekühlt hatten, musste er sie wieder zurück fahren.[5] Warum?

Später erfuhr man auch, dass von der Arbeit heimkehrende Deutsche, Männer, Frauen und Kinder, von beiden Seiten von Bewaffneten durch Ab-

---

5   Gedächtnisprotokoll vom 23. 5. 2009 liegt mir vor.

sperrungen auf die Brücke getrieben worden waren, wo sie erschlagen oder erschossen wurden. Die Leichen wurden in die Elbe geworfen, Tage später trieben sie in Sachsen an. Auch am Bahnhof und auf dem Marktplatz wurde gemordet. Es war noch vor dem Potsdamer Abkommen in der Zeit der wilden, nicht staatlich angeordneten Vertreibungen.

– Heuer, im Juli 2015, jährt sich das Drama auf der Elbebrücke zum 70sten Mal.

Die Schöbritzer und wir Landsleute aus den Kirchsprengeln Gartitz, Kulm und Aussig fuhren am 21. September 2010 zum Friedhof in Eger. Der besondere Anlaß: acht Tage zuvor war dieser Friedhof neu geweiht worden. Tschechische, deutsche, amerikanische und österreichische Abordnungen hatten sich daran beteiligt.

Wir holten, auf unsere Weise, das Totengedenken nach. Hauptsächlich gedachten wir unserer Landsleute aus dem Aussiger Kreis, deren sterbliche Überreste ja diese 70 Jahre in Schachteln hatten verbringen müssen. Und nun erhielten alle ihr Grab!

Von den 450 Toten – darunter Opfer des Massakers von Aussig am 31. Juli 1945 – waren 200 namenlos. Es waren auch Frauen und Kinder dabei.

Der neue Egerer Friedhof ist würdig gestaltet (möglicherweise mit EU-Geldern).

Herr, lass sie endlich ruhen in Frieden!

Totengedenken auf dem Friedhof von Eger

Erlebnisse bei meiner Vertreibung

Der Vertreibung ging die Inhaftierung meiner Eltern voraus. Meine Mutter wurde im Sommer 1945 nach Lerchenfeld inhaftiert – und am 25. Jänner 1946 entlassen. Mein Vater wurde am 1. November 1945 verhaftet – und kam ein Jahr später, am 23. November 1946, frei. Vatl war nur einen Tag zu Hause. Bereits am 24. November 1946 wurden wir ausgewiesen. Es war der 49. Transport, der von Aussig wegging. Wir durften 50 kg Gepäck mitnehmen, allerdings nichts Wertvolles wie etwa Porzellan, sondern nur Blechnäpfe und ähnliches. Trotzdem konnten wir unsere Lage mit etwas Erfindungsgeist zumindest ein bisschen erträglicher machen. Meine Mutter hatte zum Beispiel die Säcke so genäht, daß wir in Bayern nur noch Stroh einfüllen mussten, um fürs Erste wieder eine Liegestatt zu haben.

Alle nützlichen Daten hatten wir mit Tintenstift auf die Innenseiten der Strumpfhalter und Miederwaren geschrieben, ebenso waren dort Kassenbücher, Sparkassenbücher und andere Vermögen aufgelistet. Auch den originalen Grundbuchauszug fanden die Tschechen bei ihrer Visitation nicht. Wir nahmen ein Bild unseres Hauses, ein Herrgottsbild und ein kleines Gemälde aus dem 18. Jahrhundert mit, natürlich alle ohne Rahmen.

Unsere Ahnenpässe und viele andere Dinge befinden sich wahrscheinlich bis heute in unserem Haus. Es ist sehr fraglich, ob unsere Familie sie je zurückbekommen wird.

Dies war bereits das zweite Mal, dass wir viel von unserem Besitz verloren. Denn gerade erst hatten wir die Plünderungen überstanden. Diese hatten uns, neben vielem anderen, sämtlichen Schmuck gekostet. Beim Einmarsch der Russen wurde unser Haus verwüstet und ausgeräumt. Neben der Sorge um Hab und Gut war die Angst vor Vergewaltigungen allgegenwärtig – und nur allzu berechtigt. Beim Schnaps-Kühnel in Tellnitz ließen sich die Russen vollaufen. Für die erste Nacht hatten zumindest wir persönlich Glück. Bei uns hatte sich ein Deutsch sprechender Offizier mit seinem Burschen einquartiert. Als in der Nacht die besoffene Meute Einlass erzwingen wollte, durfte mein Vater den Offizier wecken. Der scheuchte das Gesindel mit viel Gebrüll

und vorgehaltenem Maschinengewehr weiter. Anderen Tags wurden die beiden Russen noch bewirtet. Dann zogen sie leider weiter. Die Einwohner von der Post zogen Bilanz: außer bei uns waren in jedem Haus die Frauen vergewaltigt worden. Auch bei Ingenieur Püschel und seiner Frau hatten sie sich nicht zurückgehalten. Die Frau war Jüdin (übrigens eine wunderbare Frau). Den Krieg hatte sie heil überstanden. Nun hätte man meinen sollen, daß ihre Befreier kämen – falsch. Das Plakat an der Tür nützte nichts. Zehn Russen vergewaltigten sie, während ihr Mann zuschauen musste. Und selbst vor Frau Martin machten sie nicht halt. Sie lag im Sterben. Die Russen vergewaltigten sie zu Tode.
Wir Kinder hatten damals keine Ahnung von diesem Ausmaß. Was bedeutete das, was hier überall geschah? Nach dieser Schreckensnacht zogen alle in den Wald. Die Leute verteilten sich. Wir versteckten uns in einer Futterhütte. Die Leiter zogen wir hoch. Nach zwei Tagen fiel uns die Jagdhütte des Aussiger Pächters M. Blüml ein. Sie stand auf unserem Grund und war einigermaßen gut zu erreichen. Zum Glück wusste Vatl, wo der Schlüssel war. So hatten

zehn Leute für zehn Tage wieder eine menschenwürdige Unterkunft. Jeden Tag streiften die Männer und Buben durch den Wald. Manchmal schlichen sie am Abend sogar kurz ins Haus und brachten etwas Essbares mit. Nach fast zwei Wochen kam der Knecht meiner Großeltern. Er brachte uns einen Rucksack voller Dalken. Welch eine Köstlichkeit! Und dazu noch ein großes Glas Birnensirup. Es wurde ein richtiges Festmahl. Der Knecht sagte uns, daß wir nach Hause könnten. Langsam begann sich alles wieder zu normalisieren. Doch der Schein trog. – Der alte Houdek, ein strammer Nationaltscheche, wurde Bürgermeister. Noch dazu erfuhren wir jetzt, daß sich ortsansässige Tschechen an der Plünderung unseres Hauses beteiligt hatten. Aber wir hatten auch ein wenig Glück in diesem großen Unglück: zwei Luftschutzkoffer im Keller hatten die Räuber übersehen. Wir richteten uns einigermaßen wieder ein. Verwandte aus Gatnitz, Kamitz, Postitz und Aussig halfen uns dabei. Meine Großeltern lebten in Kamitz – also abseits der Heerstraße, wo es noch keine Plünderungen gegeben hatte. Von ihnen wurden wir noch einmal komplett mit Federbetten, Bett-

und Tischwäsche ausgestattet. Nur mit der Kleidung für uns Kinder sah es schlecht aus. Dafür hatten wir einen anderen Vorteil. Weil wir als Kinder noch nicht die weißen Armbinden tragen mussten, war es für uns leichter, unbehelligt zu den Verwandten in anderen Dörfern zu gelangen. Doch binnen einem halben Jahr war auch das vorbei. Unsere große Sippe war in alle Winde zerstreut. Nur wir mussten bleiben – denn inzwischen waren ja unsere Eltern verhaftet worden.

Am 24. November 1946 war schließlich auch für uns der Tag der Vertreibung gekommen – so dachten wir zumindest. Aber nachdem man uns verladen hatte, stand der Zug noch lange am Aussiger Bahnhof. Zwei Tage? – Ich weiß es nicht mehr. In unseren Viehwaggons lag Stroh, und es gab einen Kanonenofen. Das waren schon Zugeständnisse (wie für besseres Vieh).

Meine Mutter übernahm gleich das Kommando. Zuerst schickte sie meinen Bruder mit einem anderen Buben zum Kohleklauen, dann sorgte sie dafür, daß frisches Wasser da war, und – nicht zu vergessen – zwei Kübel als Abort. Die Anderen waren froh, daß sich jemand um all das kümmerte. Denn wie mein Vater kamen die meisten direkt aus der Internierung. Sie lagen krank und teilnahmslos im Stroh. Ganz leise spielten wir Kinder: „Ich sehe was, was du nicht siehst...". – Als der Zug Aussig schließlich verließ, sprach meine Mutter ein kurzes Gebet. Sie sagte, wir seien der Hölle noch einmal entkommen, und stimmte „Großer Gott, wir loben dich" an. Den Alten wie den Jungen flossen dabei die Tränen. Und auch heute noch, wenn ich nach sechzig Jahren dieses Lied singe, fange ich oft an zu weinen.

Dort im Viehwaggon sangen wir alle Strophen, dann folgten weitere Lieder. Irgendwann legten wir uns alle mit Gottvertrauen in die Strohschütte. Viel Zeit verging auch mit Gesprächen: jeder erzählte, aus welcher Familie er stammte und wo er herkam. Denn natürlich hatte man lauter Fremde aus verschiedenen Dörfern zusammengewürfelt. Wir Deutsche sollten wie die Spreu in alle Winde verteilt werden. Dieser Plan jedoch scheiterte.

Wie allgemein bekannt machten die vertriebenen Deutschen das Unmögliche möglich. Aber dazu später mehr.

Als wir schon einige Tage unterwegs waren, wurden wir plötzlich immer langsamer. Fast standen wir schon. Aber dann ging es mit einem Mal in rasender Geschwindigkeit bergab. Wir konnten nichts sehen, denn die Waggons waren verplombt. Meine Mutter versuchte, die anderen zu beruhigen, und fing an, vorzubeten: den Rosenkranz und noch weitere Gebete. Mit der Zeit gelang es uns, die Angst zu verdrängen. Im Nachhinein erfuhren wir, dass die letzten drei Waggons – darunter auch unserer – etwa drei Stunden lang abgekoppelt waren. Ob es Schlamperei war, oder sogar Absicht, wissen wir nicht. Erst in Furth im Walde bemerkte ein beherzter Lokführer, daß wir fehlten. Geistesgegenwärtig schwang er sich in eine Lok und fing uns – für meine Begriffe sehr sanft – auf. Zu unserem Glück war an dieser Stelle gerade eine leichte Steigung.

Auch muss unser Herrgott wieder mit im Spiel gewesen sein, denn da wo meine Mutter war, ließ er uns nicht untergehen... So haben wir noch einmal einen Blick in die Hölle getan, nachdem wir bei der Abfahrt aus Aussig schon geglaubt hatten, sie hinter uns zu lassen.

Endlich angekommen in Bayern

Am 2. Dezember 1946 kamen wir in Frontenhausen-Marklkofen an und wurden im Röhrlbräu in Frontenhausen einquartiert. Dort bekamen wir einen herrlichen Eintopf, das erste warme Essen seit dem 24. November, dem Tag, an dem wir aus Aussig vertrieben worden waren. Jeder von uns hatte nur ein Paket mit getrocknetem Brot dabei gehabt. Unterwegs war auf einigen Bahnhöfen gehalten worden, dort durften wir mit Milchkannen Trinkwasser holen; meistens waren es wir Kinder, die losrannten. Daran erinnere ich mich noch gut. Wer den Aborteimer leerte, weiß ich aber nicht mehr. Mein Vater lag während der ganzen langen Fahrt apathisch auf seinem Strohlager, so arg hatten ihn die Tschechen in der Haft gemartert.

Zwei Tage nach unserer Ankunft wurden wir auf verschiedene Bauernhöfe in der Region verteilt. Wir waren die letzten, die einem Bauern in Unterhausenthal, Gemeinde Loizenkirchen, zugewiesen wurden. Der Grund war sicherlich, dass nicht nur mein Vater schwer krank, sondern auch meine Mutter nach ihrem langen Aufenthalt im KZ Lerchenfeld (Sommer 1944 – 25. Jänner 1946) in keiner guten Verfassung war. Wir kamen schließlich auf den Stemmbergerhof zu Familie Hofer. Dort wurde Gesinde dringend gebraucht. Mein Bruder mit seinen zehn Jahren mühte sich schon redlich mitzuhelfen. Arbeit gab es genug. Ich mit meinen vierzehn Jahren fuhr mit ins Holz.

Auf dem Hof lebten Kinder, der mit mir gleichaltrige Anton, zwei jüngere Schwestern und der spätere Hoferbe. Wir bekamen die „gute Stube", die etwa gleich groß war wie die Küche der Bauernfamilie. Schon damals habe ich mir Gedanken darüber gemacht, was es für die Familie bedeutet haben mochte, ihre „gute Stube" herzugeben.

Mit der Bäuerin und der auf dem Hof lebenden Oma verstand sich meine Mutter von Anfang an gut. Wir konnten die Situation der Familie gut nachvollziehen, hatten wir doch selbst Flüchtlinge aus dem Ostsudetenland und aus Schlesien von 1944 bis zum Kriegsende auf unserem Hof, ganz selbstverständlich waren wir damals zusammengerückt. Leider brach die Verbindung zu diesen

Familien bald ab – wir alle hatten erst einmal genug mit den eigenen Problemen zu tun. Wir wissen aber, dass die eine Familie sich nach Bayern durchgeschlagen hatte, die Familie aus Schlesien hatte versucht, mit einem größeren Handwagen in ihre Heimat Brieg zurückzukehren. Ich vermute, sie sind dort nie angekommen, marschierten sie doch in Richtung Front.

In der „guten Stube" richteten wir uns so gut ein, wie es eben ging. Unsere Unterbetten hatten mit dem eingefüllten Stroh, das die Bäuerin uns gab, nur Platz auf dem Fußboden, mein Bruder bekam sein Bett in der umgedrehten Sitzbank. Hier bewährte sich die Umsicht und Vorsorge meiner Mutter. Noch zu Hause hatten wir beide zwei Bettdecken und Kissen gleich zweimal bezogen und dann möglichst klein zusammengerollt, und natürlich hatten wir mehrere Lagen Unterwäsche übereinander angezogen. Auch ein paar Geldscheine hatten wir sorgsam versteckt, nämlich in einer Zahnpastatube und in Wollknäueln, ganz klein gefaltet, erlaubt waren nämlich lediglich 150 Mark pro Person, aber groß kontrolliert wurde

1946 nicht mehr. Das meiste hatten die Tschechen uns schon weggenommen, und wir waren so klug gewesen, vor der Ausreise bei der Registrierung ordnungsgemäß Sparbücher mit etwa 60.000 Mark und die Hausschlüssel abzugeben. In den letzten 18 Monaten vom Kriegsende bis zur Ausreise hatten wir gar kein Einkommen, lediglich 20 Mark pro Person und Woche durften wir von unserem Geld abheben, und obwohl ich ihn davon zu überzeugen versucht hatte, mehr zu nehmen, hatte mein Großvater Hermann Dörfel sich strikt daran gehalten. Als korrekter Deutscher betonte er, das würde als „Betrug" angesehen, und außerdem hätte es ihn ja auch Kopf und Kragen kosten können.

Er war als Schulleiter der Volksschule 1938 von den Tschechen frühpensioniert worden, weil er Deutscher war. Als Kassier[6] durfte er bei der Raiffeisenkasse bis zur Ausweisung arbeiten, da man keinen Tschechen fand, der die Arbeit hätte übernehmen können. Er musste seinen Nachfolger vor seiner Ausweisung noch selbst einarbeiten.

---
6   Österreichisch für Kassierer.

Entstanden 1926: In der Mitte meine Urgroßmutter, rechts sitzend die Großeltern Dörfel, links sitzend mein Vater Hermann Dörfel, dahinter stehend seine Schwestern.

Gerne war ich bei ihm zuhause in seinem Landhaus in Postitz und in seinem Wohnzimmer, das mit edlen Möbeln eingerichtet war und wo neben einem hoch gepolsterten Sofa auch ein Schaukelstuhl stand, denn der Schwiegervater war ein gutgestellter Kaufmann. Der Bücherschrank hatte sogar ein Geheimfach, was mich sehr beeindruckte. An der Wand hingen Bilder der Vorfahren, sowohl Gemälde wie auch Fotos vom Fotografen in Aussig.

Mein Großvater hatte auch ein Studierzimmer mit vielen Büchern, und man konnte ihn alles fragen.
Seine Frau war einmal Schülerin des sehr beliebten Lehrers gewesen.

Seine Schüler haben ihm als Dank und zur Erinnerung an ihre tolle Schulzeit bei einem Treffen um 1955 folgendes Gedicht gewidmet:

„De Booch"

Glei in der ersten Klasse hat der Oberlehrer
uns erklärt,
dass „der Booch" – mir Kinder ham se alle
sehr verehrt,
dass die gar nicht weiblich, eher a Moon,
a racht storker sei.

Denkt eich bluß de Waschechmühle und dort
die Schinderei.
Das dapackt gar keine Frau, su was zu tun.
Und bis zur Fellermühle könnte se ni lange ruh'n.

Dort mußt' se schun wieder das schware
Mühlrad drehn.
A jo, dos tot ma alle uf Anhieb verstehn.

Bei'n Oberlehrer Dörfel gob's suwiesu ke
„aber und ach"
In der Schule hieß „unse Booch" jetz
„der Bradenbach".

Es war später in de Summerferien, da docht
ich wieda drüber noch,
mir krabbelt'n bei Matzkens Zaun durch
unser altes Loch.

Borb's und de Bodehos'n zamgewelka't in da Hand
mir fre'ten uns schun uf unsan Dumb und uf
dan warm' Sand.
Da log ich lange uf da Sandbank und sinnierte
Und wie ich uf da Haut, de worme Sunne spürte.

Da fiel mir da Irrtum von unsa'n Lehra plötzlich ein.
Bei da Fellermühle on da Sandbank,

dort is' de Booch wie meine Mutter,
dart konn se gor ke' Moon, - dort muß se
weiblich sein!

Er hatte einen Sohn, meinen Vater, und auch sieben Töchter, die großenteils gut in die Stadt heirateten, sie wurden Lehrerin, Prokuristin, und eine besaß das führende Kohlegeschäft in Aussig als Witwe. Eine von ihnen durfte 1945 nach Österreich ausreisen, ihr gab man Schmuck und Bilder mit, auch Zeugnisse, Handtücher von der Rolle aus Halbleinen und Leinen und andere Kostbarkeiten wie Kamelhaardecken und Teppiche.

Meine Großeltern wurden nach Warin in Mecklenburg vertrieben, Großvater Dörfel konnte später aber den Töchtern nach Darmstadt ziehen, wo er auch begraben liegt.

Bei Familie Hofer blieben wir nur drei Monate, denn dann kam der nächste Transport mit Sudetendeutschen, und der Hof erhielt eine Familie mit vier Arbeitskräften. Wir kamen zur Dorfnerin, dort wurden uns zwei Räume im Obergeschoss zugeteilt. Leider ging das nicht gut, denn unten konnte man jeden Schritt von uns hören. Meine Mutter schaffte es, dass wir den Rübenkeller bei Familie Berndl bekamen. Die Wände kalkten wir, der Fußboden war zum Glück aus Ziegelstein. Mama organisierte einen eisernen Ofen, und auf Bezugsschein gab es sogar zwei niedrige eiserne Bettgestelle. Auch half der Bauer beim Renovieren.

Geholfen hat uns in dieser schwierigen Zeit sicher auch, dass wir katholisch waren, so gab es in Bayern für uns keine Glaubensbarriere. Einfach war es trotzdem nicht. Das verdeutlicht ein Satz von Pfarrer Heimerl in einer Predigt: „Leute, passt auf, denn es sind Leute vom „Böhmischen Zirkel"[7] da!" Verärgert äußerte sich mein Vater: „Damit hat er die Sudetendeutschen als Tschechen eingeordnet", darum ging er nach dieser Predigt nicht mehr in die Kirche. „Das hat er sicher nicht so gemeint", sagte meine Mutter dazu und besuchte mit uns weiterhin die Messe.

Meine Eltern mussten sich erst langsam daran gewöhnen, daß sie endlich wieder Deutsch

---

[7] „Böhmischer Zirkel" war die Bezeichnung für Tschechen, die oft nicht grundlos als Diebe verschrien waren.

sprechen durften. Vater war nach langer Zeit im KZ schwer krank, doch Mama brachte Vater mit ihren Kneipp-Anwendungen wieder langsam ins Leben zurück.

Wir Kinder versuchten, so gut es ging, bei den Bauern zu helfen, und dafür bekamen wir leckeres und warmes Essen.

An einen Muttertag 1947 werde ich mich ewig erinnern. Als ich mich nach der Arbeit mit einen jungen Burschen verquatscht hatte, vergaß ich die Zeit. Ich kam mit einer Stunde Verspätung zum Gratulieren nach Hause. Von meiner Arbeitgeberin, die Bäuerin war, hatte ich ein Stück Butter als Sondergeschenk für die Mama bekommen. Doch das zählte nicht! Trotz des wertvollen Geschenks gab Vatl mir fürs Zuspätkommen eine saftige Ohrfeige, die einzige von ihm, die ich jemals erhielt. Die habe ich nie mehr vergessen.

Mama war durch ihren KZ Aufenthalt bei den Tschechen angeschlagen, aber als die Seele der Familie wollte sie nicht klein beigeben. Bald sprach sich im Dorf herum, daß Mama im „Hotel Weißer" in

Aussig eine Meisterin im Backen feiner Torten geworden war. Diese Form der Backkunst war im Dorf nämlich nicht bekannt, so konnte sie sich bei den Bauern Essbares verdienen.

Frei gekommen war sie im Jänner 1946 nur, weil mein Wilke-Großvater mit seinen 75 Jahren verbotenerweise im Dezember zu Fuß, immer heimlich an der Bahnlinie entlang und im Schutz des Waldes, von Kamitz über Kulm nach Marschen marschiert war, um einen Tschechen, Herrn Sedlatschek, zu bitten, für seine Tochter auszusagen. 1944 war dieser als Schmuckhändler zu uns ins Haus gekommen, um meiner Mama aus Anlass meiner Firmung einen Granatring zu verkaufen. Dabei hatte er seine Brieftasche mit über 3.000 Mark darin bei uns vergessen, und weil er viele Kunden besucht hatte, wusste er auch nicht mehr, bei welchem Kunden er fragen sollte oder ob er sie vielleicht sogar verloren hatte. Heilfroh war er, als meine Mutter ihm sein Eigentum freudestrahlend überreichte. Niemals hätte meine Mutter etwas behalten, was ihr nicht gehörte. Zu ihm ging mein Großvater damals und bat ihn um Hilfe. Sofort machte sich Herr Sedlatschek, der Tscheche, auf den Weg nach Aussig aufs Gericht, und drei Wochen später war meine Mutter wieder zu Hause.

Unser Haushalt verbesserte sich zunehmend. Außer einfachen Bestecken und Blechgeschirr hatten wir ja Geschirr nicht mitnehmen dürfen, aber gegen Bezugsschein und für etwas Geld, das wir ja erfolgreich „geschmuggelt" hatten, konnten wir einen Teller für jeden, eine Bratreine[8] und einen Satz Schüsseln kaufen. Das Beste aber war, dass mein Vater nach drei Monaten wieder soweit hergestellt war, dass er nach München wollte, um bei der Bahn Arbeit zu finden, denn in der Heimat war er Angestellter bei der Bahn gewesen. Sein einziger Nachweis dafür war mein Ausweis mit Bild, der mich berechtigt hatte, billiger zu fahren. Also musste ich mit. Mit dem Milchwagen fuhren wir bis Frontenhausen und dann mit dem Zug nach München. Eine Überraschung erwartete uns: bei der Bahn im Vorzimmer saß der ehemalige

---

8 Gefäß für den Backofen

Direktor der Bahn von Aussig! Er war als Schreiber beschäftigt und konnte natürlich bezeugen, daß mein Vater in Aussig einen Werkmeisterposten gehabt hatte. Er wurde sofort als Werkführer eingestellt und konnte schon gleich in einem Männerschlafsaal der Bahn in der Lazarettstraße schlafen. Wir wollten eigentlich beide dort übernachten, aber die vielen „Ahs" und „Ohs" bei meinem Anblick verunsicherten mich so, daß ich meinen Vater bat, schnell heimzufahren. Vater sicherte sich aber gleich noch ein Bett.

Er fing sofort bei der Bahn an, und damit war die größte Not erst einmal überwunden: die Familie hatte eine Bleibe, mein Vater Arbeit und wir konnten uns sogar den Postbus leisten. Nun war es an mir, Arbeit zu finden.

Wochenteller geht auf Wanderschaft

Bei der Vertreibung aus dem Erzgebirge wurden wir in demselben Viehwaggon verplombt wie die Familie Groß. Alle wurden von den Tschechen willkürlich zusammengewürfelt, damit sich keine Gemeinschaft bilden konnte. Doch entstand im Waggon sofort ein Zusammengehörigkeitsgefühl, und mit vielen blieb man in Familie verbunden. Diese Freundschaften blieben bis zum Tode meiner Eltern erhalten, denn in Bayern waren wir ja zunächst alle fremd und mussten uns erst beweisen. Jetzt wohnte Familie Groß nur einen Fußmarsch von einer Stunde von uns entfernt, in Gerzen. Dort waren wir an einem Sonntag zum Kaffee eingeladen, das heißt zum Muckefuck, denn etwas anderes kannten wir gar nicht. Damals verabredete man sich postalisch – mit Karte! Zu diesem Anlass buk Mama ihren ersten Kuchen in Bayern.

Familie Groß bewohnte damals eineinhalb Zimmer, was als komfortabel galt. Beim Eintreten rief Mama auf einmal: „Wie kommt ihr zu meinem Teller?"

Überrascht erzählte uns Herr Groß: „Ich war Ende Mai 1945 beim Kohleholen mit meinen Pferden unterwegs. Da sah ich mehrere brauchbare Dinge beim österreichischen Denkmal im Gebüsch neben eurem Haus liegen, unter anderem auch den Teller. Wir wussten ja nicht, wem das gehört hatte, auch war das Geschirr größtenteils kaputt. Ausgerechnet diesen Teller packte ich bei der Vertreibung in ein Bett – eigentlich war das Mitnehmen von Porzellan streng verboten, doch wir probierten es einfach, und die Kontrolleure fanden ihn nicht." Gerne gaben sie uns unseren Teller zurück, bewegt nahm Mama ihn entgegen und vergoss dabei Freudentränen. Es ist bloß ein schon abgenutzter Alltagsteller, denn das gute Geschirr war damals noch vergraben, allerdings farbig, mit einem schönen Muster, aber er ist für uns ein wichtiges Stück Heimat. Natürlich freut es mich, daß dieser Teller heute in der Dauerausstellung im Erdinger Museum ausgestellt wird.

Großens waren sehr gottesfürchtige Leute, sie hätten niemals etwas behalten, das ihnen nicht gehört. Mama revanchierte sich auch dafür mit einer Torte.

Meine Mam, Oma Wilke und Trull in Unterhausenthal

Meine Großeltern und der Christbaumständer

Emma Wilke stammte aus dem Struppehof in Troschig, der sogar sechs Pferde besaß und Mägde wie Knechte beschäftigte. Ihr Vater war auch Bürgermeister und eine Respektsperson, herrisch, ein Mann, dessen Wort unbedingt galt. Die Kinder hatten ihre Schuhe selber zu putzen, und so, wie er das Essen gesalzen haben wollte, so sollten es alle haben – seine Frau milderte es heimlich mit Zucker für die Bediensteten ab – und wenn er die Tafel aufhob, galt das selbstverständlich für alle anderen auch. „Wie bei Hofe" pflegte die Tochter zu sagen. Wenn im Winter geklöppelt wurde, las er gern aus Homers Ilias vor. Zur Erntezeit war das Dörrhäusl oft in Betrieb.

Der Struppehof in Troschig

Der Sohn wurde Priester. Anna Antonia legte Wert darauf, sich die feine Prager Küche anzueignen. Dort in Prag lernte sie Georg Weis kennen, einen Beamten, der von einem Bauernhof im Egerland stammte und es bis zum Kassierer bei der Post brachte[9]. Sie ließen ihre beiden Söhne in Prag studieren und den Doktor[10] machen.

Die andere Struppetochter Emma heiratete auf den Wilkehof. Sie verstand diesen Hof so zu führen,

---

9 Die Vertreibung mussten sie nicht mehr erleben.
10 Dr. phil. Karl (Vater von Georg Weis) und Dr. jur. Franz Weis.

daß die Schulden, die aus einer Auszahlung an die Tochter in Arbesau stammten, beglichen werden konnten.

Ihr Sohn Franz heiratete die Marie Kerschner, Wagnerstochter aus Marschen. Der Bräutigam kutschierte den Kammertwagen durch die Dörfer über Kulm bis Kamitz. Dieser Wagen war beladen mit einer vielbewunderten, modernen Aussteuer samt neuen Möbeln und Gardinen. Denn Marie Kerschner hatte in Mariaschein auf der Kloster-schule die moderne Haushalts-führung gelernt. Als das junge Paar ankam, wurde bei den Eltern entsprechend großzügig gefeiert.

von links: die Eltern Kerschner und Tochter Marie, Franz Wilke, Emma und Josef Wilke

Franz freute sich auf sein erstes Kind. Christel Wilke wurde im Mai 1944 geboren. Auch die Taufe sollte im Juni trotz der Notzeiten groß gefeiert werden.

Deshalb hatte der Vater, Erbhofbauer Franz, zusätzlich und heimlich eigenes Mehl in seiner Mühle gemahlen, obwohl sie verplombt war, da nur noch streng kontrollierte Mengen gemahlen werden durften. Doch er wurde verpfiffen und musste daher sofort zum Volkssturm, obwohl er wegen Zöliakie vom Militärdienst freigestellt war. So konnte er zur Geburt nicht mehr da sein und sein Kind nicht mehr sehen.

Er wurde mit amtlichem Schreiben als gefallen gemeldet, war aber mit Bauchschuss zurückgelassen worden. Nach dem Krieg wurde er noch einmal gesehen.

Er ist wohl bei den Russen gesund gepflegt worden, sein fließendes Tschechisch wird ihm die Entlassung ermöglicht haben. Erst nach der Vertreibung der Familie kam er zurück, man vermutet, daß er nicht glauben wollte, dass sein Hof in tschechischem Besitz sein sollte, und daß er zurückgekehrt und über den Verfall entsetzt gewesen und in Streit geraten sein wird, wobei man ihn ermordete[11].

Da der Nitschkarl aus Borngrund nur noch ein Pferd mit Steirerwagen hatte, fuhr nur ein Wagen nach Gartitz zur Taufe. Tante Anschi und Tante Marie richteten das Festessen aus und freuten sich schon, wenngleich sie mit Wehmut an den Kindsvater dachten. Nach der schönen Taufe durch Pfarrer Goldammer hörten wir, kaum waren wir losgefahren, ein Flugzeug. Trull schrie sofort: „Ein Flieger! Kein Deutscher! Runter!" Wir versteckten uns in einem Haufen Stroh mit Mist, Trull mit dem schweren Kind im Arm, ich half ihr beim Absteigen. Die beiden Männer schlüpften unter den Wagen, und Onkel Karl hielt weiterhin die Zügel in der Hand und beruhigte das Pferd. Beim zweiten Anflug peitschten Schüsse, trafen aber niemand. Ich bin mir sicher, dass der englische Flieger uns Kinder absichtlich geschont hat.

---

[11] Ausführlicher in Maria Mader: Meine Kindheitserinnerungen ... S. 60 ff.

Vor dem Festessen wurde ein inbrünstiges Dankgebet gesprochen und gesungen. „Großer Gott, wir loben Dich …!" Daß er nur wegen dieses Taufessens an die Front musste, war allen bewusst. Einige sagten dazu, das sei eben Bestimmung gewesen. Rechte Freude kam auch wegen der unsicheren Zukunft nicht auf.
Meine Großeltern Wilke hatten insofern noch Glück, dass der frühere Bandelkramer ihren Großbauernhof bekommen hatte, der zweimal im Jahr mit Kämmen, Bändern, Garn und Spitzen über die Dörfer gegangen war und dem Großmutter Emma nicht nur immer etwas abgekauft, sondern drüber hinaus stets auch noch Lebensmittel mitgegeben hatte. „Geben ist seliger denn Nehmen", pflegte sie dann zu sagen. Er ließ sie bis zur Vertreibung auf ihrem Hof wohnen.

Wir hatten gehofft, bei der Vertreibung wenigstens als Familie zusammen bleiben zu können, doch wurden alle absichtlich zu verschiedener Zeit und in völlig verschiedene Gegenden abgeschoben.

Im Juli 1945 wurde die Mutter mit dem Kind und dem Knecht vertrieben, die Großeltern mussten noch bleiben. Der treue, aber oft begriffsstutzige Knecht versuchte unterwegs zu helfen und Lebensmittel zu beschaffen, verirrte sich aber in Berlin und blieb verschollen.

Sie kamen in Eggersdorf bei Berlin unter und blieben dort ohne weitere Angehörige. Die Mutter und Christel blieben in der DDR. Die Mutter, Marie Wilke, arbeitete in einer Küche. Christel und ihr Gatte Manfred hatten dort ein Haus und gründeten eine Familie. So konnte Marie noch ihren Enkel erleben.

Wir haben schon bald und über die Dauer der DDR nur Briefkontakt gehabt.

Ihre Ausweisung war zeitgleich mit der von Anschis Familie, die zu den ersten Betroffenen gehörten. Mit Schüssen wurden sie um sechs geweckt und aus den Betten geworfen. Dass es unterwegs nicht zu essen geben würde, hatte eine Tschechin ihnen zugeflüstert. Auf dem Bahnhof in den Güterwagen mussten sie lange warten. Manni und seine Mutter sprachen fließend und akzentfrei Tschechisch, seine

Mutter, die Hebamme hatte sogar durchgesetzt, daß sie zurück in ihre Wohnung hätten gehen können, Manni lehnte das aber strikt ab. Seine Mutter blieb als Hebamme. Sie kam aber noch einmal zum Zug und brachte einen Topf mit Knödeln und Gulasch mit.

Als sie in München ein wenig etabliert waren, konnten sie der Christel und ihrer Mutter schon bald Pakete schicken.

Die Großeltern Wilke kamen nach Niepars bei Stralsund und wir nach Bayern, daher habe ich Großvater nicht mehr wiedergesehen.

Er ist im ersten Winter verstorben, denn sein Lebenswille war gebrochen nach dem Verlust seines Sohnes im Krieg, dem Zurücklassen seiner Tiere, seines großen Hofes und vor allem der Trennung von seiner Tochter mit dem Ehemann und ihren zwei Kindern, die nach ihm vertrieben wurden, gezeichnet auch von den Strapazen des zweiwöchigen Abtransports in Viehwagen, den viele nicht überlebt hatten, und – abgesehen von seiner Frau Emma – ganz ohne einen einzigen Angehörigen um sich.

Erst 1947 erfuhren wir durch das Rote Kreuz ihren Aufenthaltsort, und da mein Vater inzwischen wieder Beschäftigung bei der Bahn gefunden hatte und eine Wohnung mit zwei Zimmern besaß, bekam mein Vater „Zuzug" für Oma Wilke.

Mit Hilfe von meinen Verwandten Anschi und Trull konnte sie mit dem Zug abgeholt werden und zu uns nach Unterhausenthal kommen.

Was war aus der stolzen Großbäuerin geworden! Klein, dünn, ärmlich und bescheiden traf sie bei uns ein, aber sie hatte Wunderbares mitgebracht. Meine Großmutter hatte sich nämlich was getraut. Und was hatte sie verbotenerweise in den Vertreibungssack gesteckt?

Da waren erst einmal die mir so vertrauten Tischdecken, die meine Mutter gehäkelt und bestickt hatte, wie sie es auf der Haushaltsschule gelernt hatte, die sie mit Auszeichnung bestand – für mich als kostbare Erinnerungen an unsere Heimat unschätzbare Werte!

Und zu unserem ungläubigen Staunen packte sie dann noch ihren heiß geliebten Christbaumständer aus, ein großes silberfarbenes Traditionsstück, das sie im Oberbett versteckt und, um möglichst ärmlich auszusehen, in einem geflickten uralten Korb verborgen mitgeschleppt hatte. Opa war damals schon zittrig, der junge Tscheche hatte wohl auch Mitleid mit den alten Leuten, die bereits Hausschlüssel, Kassenbücher, Schmuck und das letzte Geld hatten herausgeben müssen. Bei der Kontrolle hatte sie still gebetet und war tatsächlich nicht gefilzt worden!

1998 ich mit meinem Mann Hans

… und mit meinen Großneffen Stefan und Florian

War das eine Überraschung!
Christbaumständer in unserer Heimat sind nicht nur zur Aufstellung des Tannenbaums nötig, denn darüber hinaus drehen sie den Baum auch noch, und das zu einem Weihnachtslied auf einer eingebauten Spieluhr.
Zum Fest 1947 spielte sie das erste Mal wieder in unserem Weihnachtszimmer und drehte den nur ärmlich mit einem Kerzlein und sehr wenig Deko-

ration geschmückten kleinen Baum wundersam wie in den alten Tagen zu Hause, uns allen liefen die Zähren, und jeder dachte zurück an die verlorene Heimat, die reich geschmückten Stuben und an die fehlenden Angehörigen.

Natürlich erinnerte ich mich dann auch wieder an unseren großen Christbaumständer, der einen Tannenbaum tragen und drehen konnte, der bis zur Decke reichte.

Als Oma Wilke am 21. Januar 1959 friedvoll einschlief, genau 13 Jahre und zwei Monate nach unserem Opa, ging der Ständer an meine Mutter über, und nach ihrem Tod am 6. März 1987 erbte ihn mein Bruder. Als er 1990 begann sein Haus umzubauen, gab er ihn mir zur sicheren Aufbewahrung.

Wieder drehte sich der Baum zu Weihnachten mit Kerzen zur Spieluhrmelodie. In der Heimat war natürlich alles viel geräumiger gewesen, denn es braucht viel Platz, wenn er sich dreht und alle seine Seiten zeigt.

Natürlich waren sie sehr teuer, es konnten sich solche nur Reiche leisten.

Da kam mir der Gedanke, eigentlich müsste die Beleuchtung elektrisch sein, schon allein aus Sicherheitsgründen, und die Idee ließ mich nicht mehr los. Lange habe ich getüftelt, erst 1998 war es so weit, ich war ja nicht umsonst 25 Jahre bei Siemens in der Halbleiterei unter Herrn Dr. Sandmann, da musste man damals schon vielseitig sein, besonders als Frau!

Und außerdem sind wir Sudetendeutschen ein zäher Stamm und geben nicht auf, jedenfalls bekam ich im November 1998 das Patent auf meine Erfindung.

In der Zwischenzeit hatte ich mehrere Operationen und noch mehr Beschwerden, und dann wurde auch noch mein lieber Mann krank, der meine Leiden getreulich mitgetragen hatte, und brauchte nun selbst meine Hilfe bis zu seinem Tod 1999. Inzwischen hatte ich auch meine Kindheitserinnerungen verfasst und als Buch in mehreren Auflagen herausgebracht.

Erst im Jahr 2000 war ich wieder fähig, mich weiter mit dem Christbaumständer zu beschäftigen. Einen

Prototyp, der viele Weihnachtslieder spielt und sich dreht, habe ich auf eigene Kosten herstellen lassen. Zur Produktion kam es bisher nicht, weil die Werkstatt des Betreuungszentrums Eglharting dafür eine Vorfinanzierung verlangte, die ich nicht leisten kann. Ich selbst pflege die schöne Tradition dieses Christbaumständers noch immer und freue mich, sie jedes Jahr wieder zu erleben. Aber vielleicht ist sie zu sehr an meine alte Heimat gebunden und für die meisten Menschen verloren gegangen wie vieles andere mir lieb Gewordene auch. Das finde ich sehr schade.

Schmerzhaftes und Sportliches

Oben habe ich nur angedeutet, dass mir bei der Konstruktion des Christbaumständers immer wieder krankheitsbedingte Pausen in die Quere kamen. Was ich dort ausgelassen habe, möchte ich hier ein bisschen näher beschreiben. Ich habe mich entschlossen, an dieser Stelle ein Schmerzprotokoll ohne nachträgliche Änderungen oder Glättungen einzufügen. Dieses Protokoll gibt meine Krankengeschichte seit 1978 wieder. Es entstand unter dem direkten Eindruck meiner Beschwerden und war ursprünglich dazu gedacht, einem behandelnden Arzt all das mitzuteilen, was ich bisher wegen meiner gesundheitlichen Probleme unternommen und mitgemacht hatte.

Schmerzprotokoll ab 1978

Meine Varisierung verlief unter einem sehr schlechten Stern oder es musste so sein. Der Operateur war nur ein Werkzeug einer höheren Macht. Denn meine Schmerzen nach dieser OP waren nicht weniger sondern mehr geworden und blieben trotz intensiver Nachbehandlung und privatem Training meinerseits bis zur nächsten OP 1993... – versprochen wurde mir vom Arzt, daß nach dieser Varisierung meine Schmerzen weg seien, deshalb möchte ich doch etwas näher auf diese Operation eingehen. – bruchstückhaft bekam ich langsam Fakten und Einzelheiten davon, und konnte Jahre später erst Vieles richtig deuten und begreifen. Die ersten Jahre habe ich meinem Arzt geglaubt, daß Alles besser wird, denn die schmerzfreien Zeiten gab es nie... und schriftlich hatte ich ja nichts und von wegen belangen, was hätte das schon gebracht.

Über die Varisierung:

1.) Dauer über 5 Stunden, auch wurde nachoperiert, das strapazierte meinen Körper fürchterlich.

2.) Mein Bein war hinterher so verdreht, daß mein Fuß in die Waagrechte schaute statt geradeaus. Auch die Trainingsprogramme waren fürchterlich schmerzhaft – der Fuß sollte wieder in die richtige Stellung gebracht werden. –

3.) In der Intensivstation mich dünkte damals es schmiß mich im Bett mindestens 10cm hoch und das über einen längeren Zeitraum Schüttelfrost – plötzlich verspürte ich starken Brechreiz, da fiel mir noch die Klingel aus der Hand und dann ging es los. Innerhalb kürzester Zeit überzogen die Schwestern öfters das Bett, wie lange dieses Brechen dauerte, weiß ich heute nicht mehr. Nur daß es Galle war – kotzgrün – und sehr anstrengend – als ich nach Tagen diese Schwester aus der Intensivstation in meinem Rollstuhl traf, sprach sie mich an und erklärte mir: so wie Sie spuckten habe ich noch niemand brechen sehn, wahrscheinlich war ich übermäßig mit Narkosemitteln vollgepumpt – und war froh, daß dieses Giftzeug so schnell meinen geschundenen Körper verließ.

4.) Dann später auf der Station, zum Glück lag Frau Sch. bei mir, die sich sehr um mich sorgte – denn bei ihr war ja mit der OP alles gut gegangen. Sie war ja auch die 2. Patientin. Meine OP dagegen war für den Arzt die erste dieser Art gewesen.

5.) Am 5. Tag war ich so überdreht und sagte ich muß mal schlafen, bekam dann ein leichtes Schlafmittel und Frau Sch. brachte es fertig, daß ich gute 3 Stunden durchschlafen durfte –

6.) Gegen Mittag des 6. Tages bekam ich dann Medizin zur Stuhlentleerung, die gegen Abend zu wirken begann – denn essen konnte ich. Innerhalb von 3 Stunden benötigte ich die Leibschüssel bestimmt 5-6 mal, was mir den großen Unwillen der Oberschwester eintrug. Sie herrschte mich an mit einer Arroganz und Unverschämtheit und verlangte von mir: Haben Sie sich nicht so und teilen Sie sich Ihren Stuhlgang ein, ich mache es ja auch. – Ich war froh, daß meine Gedärme sich endlich leerten. Ich weinte und meinte ich will sofort nach Hause und diese Schwester sollte besser Filmdiva werden – Wieder beruhigte mich Frau Sch. Gott sei Dank kam das nächste Mal eine andere Schwester – und 2 Tage später kam besagte Schwester entschuldigte sich weinend bei mir. Sie hätte einen so schlechten Tag damals gehabt, ich verzieh ihr, doch vergessen kann ich dies Alles nicht.

Der Tag der Varisierung war für mich ein absoluter Minustag, auch nach dem Biorhythmus und ich schwöre jetzt darauf – denn die viel später ausgeführten Operationen ließ ich mir in die guten Tage des Biorhythmus legen und Alles ging ausgezeichnet. – Mit den Jahren zwischen den Operationen war ich langsam aber sicher zur Erkenntnis gekommen. Meine Lebensqualität war sehr, sehr schlecht von 1978 – 1993 denn gehen konnte ich ja eigentlich überhaupt nicht mehr, es war ein Walzen. Das operierte Bein trotz intensiver Nachbehandlung nur ziehen. Mein Mann bediente mich zu Hause und bei Siemens die Kollegen, ich saß nur am Schreibtisch, bevor ich in Frührente ging mußte ich immer öfters das Mittagessen ausfallen lassen, denn der Weg von 5 Minuten war mir nicht mehr möglich. – Außerdem war ja das Geld durch Frührente sehr viel weniger, doch wir kamen aus... Ein Arzt operiert – aber hinterher läßt er den Patienten im Stich, klärte damals viel zu wenig auf! Ich konnte keinen Schaufensterbummel machen, mußte die erstbeste Klamotte kaufen. Nur der BVSV-Verein hielt mich mit Aufrecht, denn dort waren ja anderweitig Behinderte, denn durch diese Operation war ich jetzt schwerstbehindert!!! Dann kamen die Dauerschmerzen dazu, es half einfach nichts. Schwimmen und Training auf der Matte das war's. Noch vertraute ich, daß es irgendwann mal besser würde? Konnte nicht mal 5 Minuten gehen. – Also Wandern, Spazieren, Fahrradfahren gestrichen.

Auch kamen dann die fürchterlichen Menière-Anfälle bedingt durch die Schiefhaltung dazu, ich war ständig verspannt und durch die wenige körperliche Bewegung sammelte sich das Wasser im Gleichgewichtsorgan – manchmal lag ich 3 bis 5 Tage, nur spucken und Stuhlgang keine Kontrolle über meinen Körper dazu dieser permanente Drehschwindel, wir hatten dann auch lange getrennte Schlafzimmer, weil mich in diesem Zustand schon die leiseste Bewegung im Bett daneben aufregte, dies wiederum gab meinem Mann einen großen Knax, denn auch im Bett spielte sich da logischer Weise nichts mehr ab.

Ab 1990 ersuchte ich in verschiedenen großen Kliniken um eine Operation meines verdorbenen linken Beines, doch Alle bis auf Rummelsberg... Die korrigierten mir meine linke Hüfte. Mit so großem Erfolg, daß ich im folgenden Jahr auch meine rechte Hüfte mit noch größerem Erfolg bei Oberarzt Dr. Wagner (Sohn des Professors Wagner)

operieren ließ. Doch als ich dann die Krücken weglegte – wollte – ging dies nicht ich konnte nicht mehr alleine stehen oder gar gehen – denn durch diese 15 Jahre hinken und walzen, war ich total versaut. Ich brauchte nochmal ein halbes Jahr um ins Gleichgewicht zu kommen. Es kostete mich nochmals viel Geld und viel, viel Kraft. Diese verschenkten Jahre um die tut es mir manchmal leid!!! Jedenfalls bis auf ein kleines Hinken wenn ich sehr übermüdet bin geht es mir seit 1994 ausgezeichnet.
UND ENDLICH KEINE SCHMERZEN

Gegenstück zum Schmerzprotokoll
Wir haben auch andere Ärzte, Gott sei Dank!
Auch in Erding gibt es viele davon.
Man muß nur die richtigen finden. Solche, die trotz großer Einschränkungen durch die Politik und die Krankenkassen ihre Berufsehre hochhalten und danach leben!
Wir Patienten wissen, daß es auch für das Pflegepersonal nicht leicht ist. Hier gilt wie bei den Ärzten: es gibt solche und solche!

Seit ich jeden neuen Weg – egal welchen auch immer – nur mit dem nötigen Gottvertrauen beschreite, geht es mir sehr gut. Mit Freude gebe ich meine Erfahrungen weiter – es stimmt schon: mit dem Alter wird man gescheiter!

Auch über eventuelle Pflege mache ich mir Gedanken, doch nicht zu viele. Mein Ziel ist es, gar nicht auf sie angewiesen zu sein.
Es ist ein Glück, daß wir nicht wissen, wann wir hinüber müssen in die Andere Welt. Gott sei Dank kann man es nicht kaufen mit Geld.
Mein Wahlspruch lautet seit sehr langer Zeit: „Arbeit ist das einzige, auch ausreichende, Mittel gegen all das Weh' des Lebens". Viele Arbeiten machen mir noch Freude. Bei anderen Dingen, die ich selbst nicht mehr tun kann, lasse ich mir helfen.
Es wäre mir noch eine Freude, wenn die (Gesundheits)politiker und Seelsorger öfter „dem Volk aufs Maul schauen" würden.
Ich danke allen, die mich verstehen und mich unterstützen!

Sportliches ab 1979

Auf keinen Fall möchte ich meine Geschichte als eine reine Leidensgeschichte verstanden wissen. Sicher, es gab große Schmerzen und Beeinträchtigungen, aber es gab auch Menschen und Gruppen, die mich aufbauten, die mich durchhalten ließen. Eine solche Gruppe war der Deutsche Behinderten-Sportverband. Bereits 1979 kam ich zu diesem Verband – das war mein Glück. Nach ein paar Jahren schon machte ich dort meinen Fachübungsleiter-Schein, und von da an verlängerte ich ihn regelmäßig. „Kraft- und Fitnesstraining nach Verletzungen", „Gymnastik und Tanz", „Turniersport" – das sind nur ein paar der vielen Lehrgänge, die ich im Laufe der Jahre besucht habe. Mit der Zeit kristallisierten sich Matten- und Wassergymnastik als meine Spezialgebiete heraus. Ja, ich war nun behindert. „Erhebliche Bewegungseinschränkung des linken Hüftgelenks bis zur Versteifung" stand unter „Art der Versehrtheit" in meinem Sport-Gesundheits-Paß.

Aber gerade deshalb bemühte ich mich, so gut es ging, mit den Nichtbehinderten auf Augenhöhe zu bleiben (auch wenn es nicht immer gelang). Unsere Gruppe, der ganze Verein – wir wollten etwas leisten. Manches ging über unsere Kräfte, aber an unserem Willen änderte das nichts. Wir trainierten, loteten unsere Grenzen aus, erweiterten sie Schritt für Schritt – und natürlich vergaßen wir auch das Feiern nicht. Ehe ich mich's versah wurde ich für 35 Jahre Zugehörigkeit zum Verein und 25 Jahre Engagement als Übungsleiterin ausgezeichnet.

1947 werde ich Mitterdirn und fliehe erneut – aber diesmal freiwillig.

Ende Februar, gerade fünfzehn geworden, marschierte ich nach Stemmern in der Nähe von Wendelskirchen, dort bot mir der Bauer des größten und angesehensten Hofes im Ort dreißig Mark für eine Stelle als Mitterdirn an. Alles musste ich erstmal von der Pike auf lernen, aber dafür gab es guten Lohn. Gleichzeitig ging ich noch ein halbes Jahr in Wendelskirch in die sogenannte Feiertagsschule, aber bald stellte ich fest, dass ich dort nicht mehr viel dazulernen konnte, war ich doch daheim schon drei Jahre auf der Oberschule gewesen. Aber auf dem Hof wurde ich dringend gebraucht, so habe ich mich von der Schule befreien lassen.

Eines Tages streikten Max, der Knecht, und ich, die Mitterdirn, beim Heumachen. Es war so: Uhrzeit halbsiebene abends, ich hatte schon Hunger und wiegelte daher den Knecht auf, mit mir zu streiken. Um sieben legten wir unsere Rechen ab und sagten zum Bauern ganz einfach: „Wir gehen heim und streiken." Es gab keine Widerrede, weder vom

Bauern noch von der Tochter, und auch nicht von der Hausmagd. Wir gingen also, doch versorgten wir noch das Vieh – ich die Kühe, Max die Rösser. Beim Abendessen wurde über unseren Streik von niemandem ein Wort verloren. Wir gingen bald zu Bett.

Der Morgen begann wie immer, und beim Grünfutterholen sagte ich gleich als erstes zum Knecht: „Was ich gestern angezettelt habe, war nicht Recht, denn Bauernarbeit kann man nicht mit Fabrikarbeit vergleichen." Max schlug vor, wir könnten uns doch kurz entschuldigen. Gesagt, getan, wie aus einem Mund redeten wir beide gleichzeitig: „Bauer, wir haben es eingesehen, bei der Bauernarbeit kann man nicht streiken." Der Stemmerbauer darauf: „Is scho guat, reden mir nimmer drüber."

Ich finde es heute noch gut, wie der Bauer unseren Ausrutscher hinnahm! Vielleicht wollte er mich auch deshalb zur Schwiegertochter, weil ich mich etwas getraut hatte. Und die beiden Töchter grinsten, sie hätten sich niemals getraut, sich gegen den

Vater aufzulehnen.

Damals wusste ich natürlich noch nicht, dass ich bei Siemens einmal Christliche Gewerkschaftlerin werden würde.

So ganz schlecht kann ich mich trotz meiner Unerfahrenheit und Jugend ja nicht angestellt haben, denn schon bald erfuhr ich, dass der Bauer und meine Mutter ein Komplott geschmiedet hatten.

Mit dem Gäuwagerl, an dem ein Fuchs angespannt war, nahm mich der Bauer im Sommer mit nach Dingolfing zum Einkaufen, dort verschwand er erst einmal beim Bräu. Dass er mich bei dieser Gelegenheit besser kennen lernen wollte, weil ich seine Schwiegertochter werden sollte, wenn der Hoferbe Hansi aus der Gefangenschaft heimkommen würde, das wusste ich damals noch nicht. Worüber wir geredet haben, habe ich vergessen.

Ich hatte aber bald gemerkt, dass die Bauernarbeit mir sehr schwer fiel, lieber wollte ich irgendwann wieder zur Schule gehen. Andrerseits war die Bauernfamilie sehr „in Ordnung". Wöchentlich konnten sich meine Eltern Butter, Eier und Mehl abholen. Auch habe ich mich mit der Bauerstochter

Liesl gut verstanden und ihr auch oft geholfen. So, als sie sich einmal krank stellte und früh ins Bett ging, um gleich wieder aufzustehen und sich mit ihrem Zukünftigen zu treffen. Ich war allerdings auch nicht schüchtern, war ich doch das einzige Mädchen beim Schwimmen in dem kleinen Weiher, der zum Hof gehörte. Schuhe, ein Kleid und sogar einen Badeanzug hatte ich auf Bezugsschein bekommen. So verging mein erstes Jahr als Mitterdirn.

Das neue Jahr begann ich wieder beim Stemmerer, und zu Lichtmess bekam ich einen schönen Mantelstoff und etliches anderes sowie 20 Mark als „Draufgeld" für das nächste Jahr. Es hieß, dass Hansi, der Bauernsohn, in vier Wochen aus der Gefangenschaft heimkommen sollte, und im Mai erfuhr ich von meiner Mutter von ihrem „Komplott", so beschlossen zwischen dem Stemmerer-Vater und ihr. Dazu sagte ich erstmal nichts, aber in meinem Kopf ging es drunter und drüber. Schließlich erinnerte ich mich an den Besuch meiner Cousine aus Graz im April, die bei meinen Eltern eine Woche geblieben war, um ihren Verlobten Ernst zu treffen. Ich löcherte sie, wie sie es über die Grenze geschafft hat. Da hat sie mir den Weg über den Hohen Göll[12] bei Berchtesgaden ziemlich genau beschrieben. Schließlich sagte sie zu mir: „Wie kannst du dich beim Bauern bloß so abrackern!" und schenkte mir einen silbernen Fünfer. Einen hatte ich schon selber. In meinem Kopf ging es hin und her. Bäuerin wollte ich nicht werden, und auch den Hansi, den ich ja gar nicht kannte, wollte ich nicht heiraten. So reifte allmählich ein Plan.

Dass am 20. Juni 1948 die Währungsreform gewesen war und dass noch etwas Lohn ausstand, wusste ich, aber dass ich meine Mutter mit meiner „Flucht" blamieren würde, daran hatte ich gar nicht gedacht. Mich jedoch zu weigern statt bei Nacht und Nebel abzuhauen, das schien mir mit meinen sechzehn Jahren noch aussichtsloser zu sein.

Jahre später habe ich den mir zugedachten Hansi bei einem Trachtenumzug einmal gesehen und im Stillen gedacht: „So übel sieht er gar nicht aus,

---

12 Die Grenze verläuft auf dem Gipfelgrat.

und als Bäuerin wäre es ja vielleicht gar so schlimm auch nicht geworden ...", aber es ist eben anders gekommen.

Meine „Flucht" erfolgte mit dem Milchwagen um vier Uhr früh. Beherzt stieg ich ein, dem Fahrer erklärte ich, dass ich nach Frontenhausen zum Zug müsse, was ja auch stimmte. Ich löste aber eine Fahrkarte nach Berchtesgaden, als Proviant hatte ich, wie damals üblich, nur getrocknetes Brot dabei. Eine kleine Reisetasche hatte ich auch gepackt und einen Sommermantel mit einem langen Gürtel mit, der sich später noch als sehr nützlich erwies. Natürlich hatte ich auch ein Kleid, Unterwäsche und meine roten Schuhe eingepackt. Ich hatte zu Hause nur einen kleinen Zettel hinterlassen, dass ich auf Bauernarbeit einfach keine Lust mehr hätte und nach Graz zu meinen Verwandten wollte.

Auf dem Bahnhof in Berchtesgaden ging es hektisch zu, ich fühlte mich natürlich nicht sehr wohl in meiner Haut und hatte inzwischen auch schon ziemlichen Hunger. Richtig mulmig war mir. Da sah ich, wie eine Frau Brot in den Papierkorb warf, wobei sie rief: „Die sind ja sauer!" Als ich sie fragte, ob ich die Brote haben dürfe, ließ sie das zu, warnte mich aber: „Damit verdirbst du dir doch nur den Magen!" Aber ich hatte Hunger, und im Nu waren sie vertilgt. Geschadet haben sie mir nicht, im Gegenteil. Eine Rotkreuzschwester hatte mich beobachtet. Sie fragte mich besorgt, was ich hier mache. Ihr erzählte ich freilich nur die halbe Wahrheit, nämlich dass ich zu meinen Verwandten nach Graz will, und behauptete: „Ich lebe allein!" Wäre ich bei der Wahrheit geblieben, hätte sie mich sicherlich gleich mit dem nächsten Zug wieder nach Hause geschickt. So aber sammelte sie in kürzester Zeit genügend Geld für mich und auch Essensmarken, drückte mir alles in die Hand und sagte: "Geh in das Bahnhofsrestaurant und bestelle dir einen schönen Eintopf. Dann kommst du zu mir zurück, wir werden wohl schon eine Möglichkeit finden, wie wir dich über die Grenze bringen!" Das ließ ich mir nicht zweimal sagen, der Eintopf schmeckte köstlich, in Windeseile war er verputzt. Die Schwester hatte tatsächlich inzwischen ein Ehepaar gefunden, das mich mitnehmen wollte.

Auf meinem Weg zurück zur Schwester passte mich ein etwa 40jähriger Mann ab und bot mir an, statt zu meinen Verwandten in Graz zu müssen könne ich auch mit auf seinen Bauernhof kommen. Natürlich lehnte ich ab.

Also machten wir uns gemeinsam auf den Weg. Gesprochen wurde nicht, ich wurde aber ermahnt, mich sofort zu verstecken, sollte man ein Krad[13], hören. Das Ehepaar war gut ausgerüstet, beide hatten sie Rucksäcke. Ich kam mit meiner Reisetasche jedoch nur schwer voran. Schließlich halfen sie mir, mit dem Gürtel und einem Spagat[14], den sie bei sich hatten, aus der Tasche eine Art Rucksack zu machen, den ich bequemer auf dem Rücken tragen konnte. Damit ging es wesentlich besser. Auf einem Fuhr- und Wanderweg im Wald hörten wir auf einmal ein Krad, es gab aber zum Glück genug Gebüsch, um sich zu verstecken. Nach zwei oder drei Stunden – eine Uhr hatte keiner dabei, Zeit spielte aber auch keine Rolle – kamen wir an eine Quelle, wo wir uns richtig „satt" trinken konnten.

---

13 Kraftrad ist Motorrad.
14 Stärkerer Bindfaden

Inzwischen hatte es aber leider zu regnen begonnen, und es war rutschig auf dem steilen Abhang und über die Wiesen. Schließlich sahen wir eine Alm und wussten, daß wir auf der österreichischen Seite waren. Ziemlich verdreckt kamen wir zur Hütte, wo uns die Sennerin freundlich begrüßte. Sie schien das Ehepaar zu kennen. Wahrscheinlich waren es „Pascher"[15], aber das war mir egal. Wir konnten uns säubern, und nach der Anstrengung und Aufregung schmeckten die angebotene Milch und das Butterbrot wunderbar. Die Sennerin tauschte mir auch meine beiden Fünfmarkstücke um, so dass ich in Hallein mühelos eine Fahrkarte kaufen konnte. Und sie gab mir noch so viel Brot mit, daß es sicher bis Graz reichte. So gestärkt machten wir uns also auf den Weg zum Bahnhof. Mit unseren Fahrkarten verbrachten wir die Wartezeit im Dienstraum des Bahnhofsvorstehers. Ob das Ehepaar ihm dafür Geld gegeben hat, kann ich nicht mehr sagen. Er hatte uns auch erzählt, daß die Polizeistreife schon dagewesen war

---

15 Schmuggler

und niemanden vorgefunden hatte und wohl nicht noch einmal kommen würde, was auch stimmte. Am warmen Kachelofen bin ich dann ziemlich schnell eingeschlafen. Später brachte der Bahnhofsvorsteher uns noch zum Zug, dort setzten wir uns auf getrennte Plätze. Ich wollte das nette Ehepaar keinesfalls in Bedrängnis bringen, falls es Probleme geben sollte. Bedankt hatte ich mich bei ihnen schon vorher. In Leoben stiegen sie schließlich aus, und ich winkte ihnen nach.

Dabei sah ich auf dem Bahnsteig meinen Onkel Adi stehen, was für ein Zufall! Auf meinen Zuruf hatte er auch mich am Fenster entdeckt, und ich erzählte ihm in den fünf Halteminuten des Zuges das Wichtigste, da wir uns ja bald bei ihm zu Hause treffen würden. Er war voll Bewunderung für meinen Mut, allein über die Grenze zu gehen, als er meine wahre Geschichte hörte, und schlug mir auch gleich ein Geschäft vor: Ich sollte Glühbirnen über die Grenze schmuggeln und dabei ordentlich verdienen! Ich lehnte aber ab, schließlich wollte ich zu meiner Tante Deli nach Graz und zu meinen Cousinen.

Vergeblich versuchte er, mich zu überreden, ich blieb standhaft, so einen heimlichen Grenzübergang wollte ich wirklich nicht noch öfter machen! Nach zwei Stunden war ich in Seiersberg schließlich am Ziel, ich kaufte mir eine Straßenbahnkarte und hatte sogar noch zwei Schilling übrig. Das Hallo bei meinen Verwandten war dann groß! Aber auch die Sorgen bei meinen Eltern, wie meine Tante mit Recht äußerte. Ihnen schrieb sie deshalb sofort einen Brief, doch dauerte es eine Woche, bis sie ihn erhielten. Ich aber schlief mich erst einmal gründlich aus, und am nächsten Tag konnten wir uns viel erzählen.

Bei meiner Tante lernte ich in den nächsten Wochen das Nähen. In ihrem Haushalt lebten noch meine Cousine Marianne, die den Haushalt führte, und Hansi, die ein Jahr jünger war als ich, aber schon einen festen Freund hatte.

Sie war gerade dabei, ihre Ausbildung als Buchhalterin zu beenden, denn die Familie meiner Tante hatte einen besseren Start in der neuen Heimat als wir.

Die Großmutter meines Onkels stammte nämlich aus Graz, und da durften sie 1945/1946 mit einem „Permit"[16] nach Seiersberg/Graz in Österreich ausreisen und ihren Hausrat mitnehmen. Er verdiente dort sehr gut, sie hatten dort auch ein Grundstück, wo sie bauen wollten, wenn Mariannes Freund in einem halben Jahr kommen sollte und es eng werden würde.

Meine Cousine Hansi hatte auch gleich damit begonnen, mir einen festen Freund zu vermitteln, ich aber wollte nicht. Vor einer Bindung war ich ja schließlich überhaupt erst geflohen. Mir war es zu früh, und so ganz sicher, ob ich in Österreich bleiben wollte, war ich mir auch nicht. Freilich war es ein anderes Leben hier, weniger anstrengend, es musste nicht so viel gearbeitet werden, wir gingen sogar in die Operette und zum Tanzen. Mit Hilfe meiner Tante nähten wir uns schicke Kleider und gingen ins Kino und ins Grazer Stadttheater.

---

16 Erlaubnis zur Ausreise in ein Land seiner Wahl mit seinen Kindern und seinem Hausrat. Die bekam er, weil sein Schwiegervater als amerikanischer Staatsbürger in der Tschechei lebte. Er hatte 20 Jahre in den USA als Lacksiedemeister gelebt und war wegen seiner Patente für Lackmischungen nach Aussig zurückgekehrt. Sein Sohn und sein Enkel haben die Patente weiterhin verwendet.

Aber die Großstadt blieb mir fremd, mir fehlte das einfache Leben, und vor allem fehlte mir meine Familie. Ich hatte sogar schon eine Lehrstelle in einer Schneiderei, als mein Vater in einem Brief anfragte, ob ich nicht wieder nach Hause kommen wolle. Ich wollte.

Ein halbes Jahr später trafen wir uns auf der Almhütte auf dem Hohen Göll. Mit einem Stock hatte mein Vater die Höhe erklommen, mich hatte meine Tante Deli bis zur Hütte gebracht. Dabei hatten wir den Ausweis von Hansi benutzt und als meinen ausgegeben. Oben gab es dann ein Wiedersehen, nicht nur für meinen Vater und mich, denn auch meine Tante freute sich, ihren Bruder endlich wiederzusehen. Und beide hatten sich viel zu erzählen.

Als ich meinen Vater oben auf der Alm wieder in die Arme nahm, war ich froh, obwohl es mir in Graz an nichts gefehlt hatte. Im Gegenteil, ich hatte weniger arbeiten müssen.

Aus heutiger Sicht war es für mich dort wie ein wunderbarer Urlaub.

Zwei Tage blieben wir dort. Dabei sprachen wir auch über Onkel Adi, der mir den Glühbirnenschmuggel hatte schmackhaft machen wollen. Seine Frau Minna war eine Schwester meines Vaters. Das Ehepaar war schon 1940 nach Mixnitz gezogen, denn Onkel Adi hatte einen Posten als Direktor des Sägewerks Leoben bekommen. Dort haben wir mit meinen Cousinen zusammen öfter Besuche gemacht. Ich erinnere mich vor allem daran, oft nach Heidelbeeren und Pilzen gesucht zu haben. Gerne denke ich auch an Tante Minnas Besuche bei Tante Deli, einer anderen Schwester meines Vaters, wie wir zusammen Kleider genäht haben, denn Tante Minna war Lehrerin und hatte zum Nähen natürlich keine Zeit. Sie hatte auch eine Tochter, Brigitte, mit der ich viel Zeit verbrachte.

Meine Mutter machte mir zu Hause keine Vorwürfe, nur meine Großmutter Emma blieb mir gegenüber skeptisch, stets die Frage vor Augen: „Was stellt sie nun wohl als nächstes an?"

Zu meiner Bauernfamilie nach Stemmern ging ich nicht mehr, zu sehr schämte ich mich für meine Nacht- und Nebelaktion. Es blieb aber die einzige. Danach habe ich mich allen Problemen gestellt, auch wenn es manchmal schmerzlich war.

Mein Gedicht

Erlebt 1947 – 1948, geschrieben 1989 anläßlich eines Erntedankfestes der Sudetendeutschen Landsmannschaft als Erinnerung an gesunde, natürliche Nahrung, die ich noch erlebt habe.

In Stemmern z'Lichtmess i' damols eig'standen bin,
nach Bauernarwat[17] stand mir damols mei Sinn.

Es wor im sieb'nervierz'ger Jor,
wo i' erst ganze fuffzehn wor.

Vun der schwar'n Arwat hob i' selmol
nix verstanden,
in'n Kühstoll hob i' friera[18], bloos einig'schaugt
bei meine Verwandten.

Es war die Zeit der Vertreibung, für mi'
und mei Famili sehr hort,

---

17 Bauernarbeit
18 früher

do musst' ma doch unsere Homat verloss'n,
mit Nix und sofort.

Da Stemmara Vada, d' Leni und Lies bot'n mir an „Willkomm!",
sie war'n zwar olle christli, doch net zu fromm.

Dann war da noch da, der Max, der Knecht,
und 's Fannerl, mit ihra teilat i' die Koamma,
mir war's so recht.

Es war Winterszeit, da Reim[19] und Eisbluma am Fensta war'n,
a Wunda, dös mir zwo san net' am ersten Winta dafror'n.

Zwoa Bedda war'n drinnat und o' Kost'n,
damit's die net z'viel aufholtst, beim Roasten.

Doch zugeb'n hob i' dohoam gor nia,
wi i' oft in mei Bed holbert darfrier!

---
19 Eiskruste am inneren Fenster.

Denn g'sucht hob' i mir selm den Plotz,
zu meim Lohn hob i' kriegt für meine Leit
monche Otz'[20].

Die Lies, die Tochter vum Bauern,
de tat i' oft richtig bedau'rn.
Sie hot mir d'Arwat om Feld und im Wold g'lernt,
dann musste sie noch melcha, hot sich holbert
darennt.

Guad dreißig Jor war sie scho old,
und musst an Vodda frog'n, wenn s af Nocht
furtgeh wollt!

Im Winta um viere hot pfiffa da Baua,
do musst'n mir raus, und wor ma noch so sauer.

Da Baua und da Max, da Knecht,
san zu de Ross, und hom's dene g'macht g'recht.

---

20 Atzung, Essen.

Den Stemmara seine Hengst 'n s überall kennt,
im ganzen Gäu wer'n s zum Decken verwendt.

D' Leni, die elder Tochter vom Bauern,
hot uns erstklassi aufkocht, damit ma's Dobleib'n net bedauern.

Ihr untersteit wars Fannerl Schratzenstaller[21],
Sie woar der Liebling oafach unsa oller,

nie grantig, allweil gut g'launt,
hot' epp's g'wisst, net glei olls ausposaunt.

Mi hots oft tröst, wenn i' hob g'jammert sehr,
denn i' war dös net g'wohnt, und es war mir oft schwer,

wenn der Hunga hot mi arg plogt,
hot's Fannerl mir an Maultaschen[22] heimli außatragt.

---

21 Der Bruder war niederbayrischer Heimatdichter, ihm verdanke ich Hinweise für diesen Text.
22 In Bayern gerollte Pfannkuchen, gefüllt und mit Rahm im Rohr gebacken.

Denn noch oida Sitte und Brauch,
werd' z'erst hikniegelt und beet, net glei g'füllt der Bauch.

Dann werd vom Bauern sölber ds Essen austeilt,
und g'schaut, damit beim Mohl ma net zu lang verweilt.

Noch'n Middog geht's aufs Feld oda Wies'n in Summa,
do musst aufpass'n, doss kriagst kan Rücken, an krumma.

Im Winta de ma die Holzscheit klieb'n[23],
oda Wied[24] hocka, und Schubkarr'n schieb'n.

Eben im Winta knocka mir am Obend in der Stub'n,
mir Deandl'n hom g'strickt, und daz'eit mit die Bub'n.

Jeden Sunda mit'm Fannerl zur Mess'n
nocha hoam zum Fudan und Mittogess'n.

---

23 Spalten.
24 Reisig.

Nochmiddag fünf Stund' frei,
do war net viel Zeit für'd Lumperei.

Folgendermaßen hom wir den Sundag g'nutzt,
bei die Eltern einig'schaugt, für'n Obend s G'wand herputzt.

's Togwerk ging o' im Summa um fünf in da Früh,
da Stemmara hot allweil pfiffa, do bist aufg'rumpelt, aber glei wie!

Fost wortlos hom wir uns og'legt[25],
da werd si net viel g'wasch'n oda pflegt.

Natürli kummt zerscht das liebe Vieh,
da Max macht's Gros, aufg'legt hobs i'.

Im Vorbeigehn wer'n Äpfel aufklaubt,
und glei gess'n, wenn s uns taugt.

___

25 Angezogen.

Nocha werds Gros oglart recht g'schwind,
dös is amol d' Arwat von uns G'sind.

D' Lies tut scho fleißi zeid'ln[26],
und i' de Küh s Fudda einibeit'ln.

Nacha muss i' no misten de Küh',
wos tat ma denn sunst in da Früh'?

Da Knecht und da Baua wieda d' Ross versogn,
mei, war'n düs no schene g'sunde Morgen.

D' Leni und Fannerl hob'n uns versorgt und Henna,
de zwoa müss'n a gonz sche renna.

Nacha hom mir uns ausg'waschen, kampelt,
s Stollg'wand abg'legt,
doss mir bei der Morg'nsupp'n san wieda gepflegt.

Dabei ham mir scho Gaudi gemocht,
selbst da Stemmara Vada hot mit uns g'locht.

---

26 Melken.

Jeden Morgen hot's geb'n frische Erdäpfel
mit da Schöll,
und a guate saure Supp'n[27], g'bunden mit Mehl.

Selmolst wors Essen no epps wert,
Nix g'spritzt, oll's frisch aus der Erd'.

Gottseidank muss ma heint wieda sog'n,
es gibt scho etliche Bauern, die es wog'n,

de mochen oll's ohne Chemie,
wenn a a Großteil tut behaupten, dös geht ja nie.

Optimistisch bin i' jetzt sehr
ös werds es segn'n, gsund essen wolln immer mehr.

An alle noch lebenden Stemmara Leit',
Dank sog i' enk damit heit.

---

[27] Sauermilch ist besser als Buttermilch.

Hobts 'n Bauernstand mir schatzen g'lernt
und ehren,
und i' wünsch für die Zukunft de Junga,
doß die Altvorderen geb'n weida ihre Lehren.

Herbst 1948

Nach meiner Rückkehr aus Österreich suchte ich mir einen neuen Dienst als Kinder- und Hausmädchen und fand ihn in Loizenkirchen. In Niederbayern hatte ich mich inzwischen gut eingelebt. Neben der Arbeit ging ich auch wieder in die Feiertagsschule. Die Menschen in Aham und Unterhausenthal, dem Wohnort meiner Familie, waren mir inzwischen vertraut, vor allem der Franz hatte es mir angetan. Er war zwei Jahre älter und spielte Gitarre. Oft trafen wir uns am Abend mit anderen Jugendlichen.

von links: Großmutter Wilke, mein Bruder Hermann, Mama, ich, Rudolf und mein Vater

An einen Vormittag erinnere ich mich besonders. Eigentlich war es Zeit, in die Kirche zu gehen, aber die Buben hatten ein Lagerfeuer gemacht, und wir saßen alle um die Flammen, ganz genau wie die Indianer bei Karl May, und rauchten die Friedenspfeife. Franz spielte auf seiner Gitarre. Wir hatten einen Riesenspaß, und ich fühlte mich glücklich zwischen den Einheimischen. Gerade sangen wir das Lied vom lustigen Zigeunerleben, als ich plötzlich kräftige Arme spürte, die mich mit einem Ruck hochzogen. Es waren die Arme meines Vaters, mein Bruder hatte mich verpfiffen. Ich war auf ihn furchtbar wütend und reagierte äußerst bockig, denn fällig war ein Hausarrest für den restlichen Sonntag. Heute weiß ich allerdings, daß es für meine Eltern eine Todsünde war, mit lustigen Liedern am Lagerfeuer zu sitzen statt auf der Kirchenbank.

Die Versuchungen einer unbeschwerten Jugend waren zu groß, zu lange schon hatte ich viel Verantwortung übernehmen müssen, jetzt war Leben angesagt! Und so folgte schon bald der nächste Hausarrest.

Wieder einmal war es ein schöner Abend, eine Gruppe Unterhausenthaler begleitete uns nach Hause. Vor unserem Haus hörte ich meine Mutter rufen: „Komm rein, acht Uhr, es ist Feierabend!" – „In einer halben Stunde!" maulte ich zurück. Meine Mutter pfiff sogar noch einmal, aber ich schüttelte nur den Kopf, woraufhin sie sich umdrehte und die Tür hinter sich verschloss. Bockig wartete ich noch eine halbe Stunde, auch das Zureden der anderen, nach Hause zu gehen, konnte mich nicht dazu bringen. Da die Haustür abgesperrt war, kletterte ich über die Stiege zum Schroot[28] hinauf, wo ich mit meinem Bruder und meiner Großmutter zusammen schlief. Meine Eltern blieben unten in der Wohnküche. Kaum war ich im Bett, da drosch meine Mutter mit dem Holzschuh auf mich ein. Sie wolle mich Mores lehren, brüllte sie, „das passiert mir nicht nochmal mit dir!" Und als ob das noch nicht genug gewesen wäre, richtete sich meine

---

28 Balkon.

Großmutter auf ihrem Strohlager auf und spornte meine Mutter weiter an: „Gib es ihr nur ordentlich!" Dabei hatte sie einen Gesichtsausdruck, den ich bis heute nicht vergesse. Obwohl es mir sehr wehtat, habe ich keine Träne vergossen.

Möglichst weit weg von zu Hause wollte ich, als ich mir eine Arbeitsstelle suchte. Mich derart bevormunden zu lassen, fiel mir einfach schwer, schließlich hatte ich nach dem Krieg schon im Alter von dreizehn fast zwei Jahre mit meinem jüngeren Bruder allein klar kommen müssen. Diese Zeit hat mich geprägt. Jetzt sollte alles wieder wie früher sein? Ich wurde ja behandelt wie ein kleines Kind.

Erst viel später ist mir das alles bewusst geworden.

*Ich, Oma Emma, Mama und Tante Grete,
Vatls Schwester (früher Prokuristin in Aussig in
der Deutschen Bank)*

Als Kindermädchen trat ich meinen neuen Dienstplatz an. In einem Geschäftshaushalt musste ich mich um drei Kinder kümmern, um zwei Mädchen von zehn und zwölf und um einen Buben mit fünf Jahren. Alle zusammen hatten wir ein schönes großes Zimmer, und wir verstanden uns sehr gut. Schon bald hingen die Kinder wie Kletten an mir. Ihre Mutter hatte als Geschäftsfrau natürlich wenig Zeit, oft waren zur Mittagszeit weitere zehn Maurer und andere Angestellte im Haus, zwischendurch lief auch noch der Verkauf der Kohle. Bald übernahm ich neben der Beaufsichtigung der Kinder auch das noch.

Dabei gab es übrigens eine ganz spezielle Art zu verkaufen, die mir für die damalige Zeit sehr anständig vorkommt: wenn Bauern gleich vier Zentner kauften, gab es für sie „still und heimlich" ein bis zwei Schaufeln weniger, die wurden dann, wenn ein armer Häusler oder Vertriebener kam, ebenso still und heimlich draufgetan – eine äußerst praktische und menschliche Art von Lastenausgleich.

Der alten Erlenmeierin im Austragshaus[29] jeden Mittag eine Kanne Milch zu bringen, fiel mir nicht schwer. Nach gut einer Woche fragte sie mich: „Na, Marili, schimpft die Junge nebenan arg über mi'?" „Nein, kein Wort!" antwortete ich wahrheitswidrig. Nach einer weiteren Woche war Frieden gestiftet. Hier vermittelt zu haben, war für mich ein gutes Gefühl.

---

29 Ausgedingehaus, d. h. Ruhestandshaus.

Nach einer Woche kam meine Mutter und wollte mal hören, wie ich mich denn so anstelle und ob man denn mit mir zufrieden sei. Als sie erfuhr, wie sehr man das war und daß ich sehr gut beurteilt wurde, konnte sie es kaum glauben.
Aber so war es! Ich hatte es fertiggebracht, mit den Kindern so viel zu üben, daß sich ihre bisher schlechten Noten auf Einser und Zweier verbessert hatten.

Es war für mich eine gute Zeit. Der Hausknecht reparierte mein Radl, ich dafür seine Kleidung. Ab acht Uhr abends gab mir meine Chefin auch regelmäßig Ausgang, so konnte ich mich mit der Jugend im Ort treffen. Zusammen unternahmen wir sogar Radtouren, es ging bergauf und bergab, ich immer vorne mit dabei.

Inzwischen war ich siebzehn. Es war Faschingszeit, als ich mit Franz in Aham war, und wir tanzten „wie der Lump am Steckerl", bis er ein Scheps[30]

---

30 Dünnbier.

holen ging. In der Zwischenzeit tanzte ich mit einem Vilsbiburger und hatte damit ein unausgesprochenes Gesetz übertreten! Obwohl ich das sehr wohl wusste, hatte ich mich wohl nicht stark genug gewehrt. Denn es war Brauch im Ort, daß man nicht ohne den Partner zu fragen mit einem Mädel tanzte. Partner bedeutete damals Händchenhalten, Schmusen und alles gemeinsam unternehmen. Als Franz mich mit dem Vilsbiburger sah, war Rache fällig, er winkte seinen einheimischen Freunden, und es setzte ordentlich Schläge, bis die Vilsbiburger verschwunden waren. Wir haben zwar noch weitergetanzt, aber mir hatten die anderen Burschen leidgetan. Ich ging daher früher nach Hause.

Daß Franz die Leiter an die Kammer des Hausknechts gelehnt hatte, wenn es spät geworden war, damit ich von dort in das Zimmer der Kinder gelangen konnte, war schon öfter vorgekommen. Immer schliefen die Kinder friedlich und merkten nichts, trotzdem hatte ich ein schlechtes Gewissen.

Oma Wilke, ich, Vatl, Hermann und Mama

Aus dieser Zeit habe ich die Schlitage[31] als besonders schön in Erinnerung. Da fuhren die Großbauern mit ihren Rössern von Aham über Unterhausenthal nach Loitzenkirch. Dann hatte ich Gelegenheit, meine Familie zu sehen, wenn auch nicht für lange, denn eine Stunde später hörte ich schon die Glocken der Pferde, und ich rannte mit meiner Freundin Anni Kupfmüller und ihren Brüdern

---

31 Lustfahrt mit Schlitten.

sowie den Stemmberger Buben los, um auf die Schlitten zu springen. Das gab ein großes Gejohle und Geschrei, die vier Schlitten waren bald randvoll, richtig zünftig und lustig ging es da zu. Die Schlitten wurden normalerweise zum Holzholen oder Mistfahren verwendet, aber an diesen Tagen waren sie sauber und voller lebenslustiger junger Leute, die Buben hatten ihre Saublodern[32] dabei, alle landeten schließlich beim Wirt in Wendelskirchen und tanzten dort bis zum Abend, bis es wieder nach Hause ging. Es war eine herrliche Zeit für uns und eine schöne Abwechslung von der Arbeit.

Das Leben bei Erlmeiers war sehr angenehm, am Abend saßen die Frauen um den Ofen, und es wurde gesungen. Natürlich wurden dabei Handarbeiten verrichtet, und es wurde viel erzählt.

Einmal hat mich meine Chefin sogar zu einer Bauernhochzeit geschickt, sozusagen als ihre Vertretung. Mir hatte sie auch das Mahlgeld[33]

---

32 Luftballon aus Schweinsblase am Stock.
33 Geld für das Essen.

mitgegeben. Aber mir war es recht langweilig, denn Franz durfte nicht mit, es waren nur geladene Gäste dort.

Schweren Herzens nahm ich von diesem angenehmen Dienst und vor allem von den Kindern Abschied. Denn das Arbeitsamt in Landshut hatte mir angeboten, eine Nähschule zu besuchen, wohnen musste ich dann wieder zu Hause.

Nähschule

Ich musste jeden Morgen um sieben in der Früh mit dem Postbus nach Landshut fahren, der mich mein ganzes Arbeitslosengeld von 15 Mark kostete. Es war eine sehr lehrreiche Zeit, denn neben dem Nähen, das ich ja schon bei meiner Tante in Graz gelernt hatte, halfen wir auch im Schulgarten und wir versorgten uns selbst. Im Garten, unterhalb der Burg gelegen, zogen wir Tomaten, Kräuter, Kartoffeln, Gurken und vieles mehr. Nach zwei Wochen wurde gewechselt, und wir halfen dann der Köchin.

Wir waren zwei Gruppen zu je fünfzehn Mädchen. Das Genähte bekamen vor allem bedürftige Menschen, nur eine Mark kostete ein Kleid von uns und fünfzig Pfennige eine Schürze.

Zugleich habe ich noch ein neues Hobby für mich entdeckt: Ich spielte Theater! Die Aufführungen organisierte der VdK[34], der Eintritt wurde für Bedürftige gespendet. Ich spielte die böse Schwiegermutter aus dem Jennerwein, und dafür

---

34 Verband der Kriegsbeschädigten, Sozialverband in Deutschland.

lobte mich sogar Pfarrer Heimerl und sagte mir, daß ich durchaus das Zeug zur Schauspielerei hätte. Sogar meine Eltern waren erst einmal zufrieden mit mir.
Wie im Fluge verging die Zeit an der Nähschule.

In der Großstadt

Inzwischen hatte Franz in München Arbeit als Lastwagenfahrer bekommen. Wir hatten uns versprochen, daß ich nach München kommen würde, sobald die Nähschule zu Ende war. Dort würde ich arbeiten, wohnen wollte ich bei Tante Anschi. Aber es kam anders.

Das Arbeitsamt schickte einen Herrn Meyer zu uns nach Hause, er war eine Führungskraft bei der Bahn, bei der ja auch mein Vater beschäftigt war. Der wollte mich unbedingt als Haus- und Kindermädchen in München haben. Er schwärmte mir vor, wie gut ich es haben würde, ein schönes Zimmer mit Radio und viel Freizeit. Schließlich ließ ich mich überreden, übrigens auch meinem Vater zu Liebe, dem es wohl peinlich gewesen wäre, wenn ich abgelehnt hätte. Mir gefiel es dort aber von Anfang an nicht.

Ich war inzwischen achtzehn Jahre alt und begann meinen Arbeitstag um sieben damit, die Öfen auszuräumen und die Wäsche zu waschen und zu bürsten. Erst gegen neun erhielt ich eine Scheibe Brot, nur dünn mit Margarine bestrichen, die Familie selbst aß Käse und Eier! Mittags gab es nicht viel mehr, einen knappen Teller voll ohne Nachschlag, und auch am Abend lediglich eine Scheibe Brot mit Käse. Am Ende des ersten Monats erhielt ich als Lohn gerade mal fünfzehn Mark. Davon habe ich mir dann jedes Mal, wenn ich mit den Buben zum Spielplatz ging, vor Hunger eine Breze[35] gekauft.

Aber das half auch nicht viel, nach sechs Wochen brach ich beim Wäschewaschen zusammen. Aufgewacht bin ich in einem großen Schlafsaal im Krankenhaus. Eine nette Ärztin untersuchte mich, ich hatte schreckliche Kopfschmerzen. Eine andere Frau im Zimmer fragte mich dann, was ich denn habe. „Hunger!" war meine schwache Antwort. Sie vertröstete mich, denn in fünf Minuten sollte es Essen geben, und so kam ich ausgerechnet im Krankenhaus zu meinen ersten Weißwürsten, die ich nie vergessen werde. Als die anderen sahen,

---
35 Brezel.

wie schnell meine verputzt waren, kamen noch weitere sechs und zwei Brezen von den Nachbartellern! Gestärkt ging ich von Bett zu Bett und bedankte mich. Natürlich musste ich dann erzählen, warum ich so großen Hunger hatte, und so schilderte ich meine Situation. Ich erwähnte auch die Adresse meiner Tante und war überrascht, als sie am nächsten Tag zu mir kam, so konnte ich ihr endlich mein ganzes Leid klagen. Sofort bot sie mir Unterschlupf bei ihr an.

Doch vorher hatte ich noch einige Untersuchungen, darunter auch eine bei zwei Gynäkologen, die zunächst und ohne Untersuchungen davon ausgingen, ich sei schwanger. Ich konnte meine Unschuld noch so oft beteuern – denn ich hatte Franz ja nie mehr als einen Kuss erlaubt – es half nichts. Nach einer entwürdigenden Untersuchung mussten die Ärzte sich aber bei mir entschuldigen.
Am nächsten Tag besuchte mich auch mein Vater, der immer noch in der Lazarettstraße wohnte. Am nächsten Wochenende fuhr er nach Hause und

berichtete, wie es mir ging. Auch meine Mutter vermutete sofort: „Schwanger wird sie sein!" Daß sie so schlecht über mich denkt, hat ihn so aufgeregt, dass er ihr sofort die Scheidung angedroht hat! Am Montag bei meiner Tante redeten wir ihm alle die Scheidung aus und sagten: „Das war bestimmt die Großmutter, die ihr das eingeredet hat!" So ist es wohl auch gewesen. Die bekam von meinem Vater ein großes Donnerwetter zu hören und war danach wohl „so klein wie mit Hut unterm Teppich".

Mein Vater wurde übrigens ein halbes Jahr später in den Vorruhestand geschickt, seine Verletzungen aus dem tschechischen KZ Lerchenfeld machten ihm immer mehr zu schaffen. Er starb 1958, neun Jahre danach.

Meine Großmutter

An dieser Stelle scheint es mir wichtig, meine Mutter und meine Großmutter in Schutz zu nehmen. In ihrer Jugend gab es ja für Übelkeit nur eine Erklärung: Schwangerschaft! So ist es nicht verwunderlich, dass sie nur daran dachten, und ich war ja auch wirklich etwas wild geraten, genauso wie der Franz in München.

Später erzählte mir meine Mutter, wie sehr sie selbst unter ihrer so strengen Mutter zu leiden gehabt hatte. Von ihrer Mutter wurde sie einmal ungerechterweise durchs Dorf getrieben und geschlagen. Wie eine Verbrecherin war sie sich dabei vorgekommen. Aber zu erklären, warum sie zu spät nach Hause gekommen war, hatte sie gar keine Gelegenheit gehabt. Ihr hat sie das Rückgrat im wahrsten Sinne des Wortes gebrochen. Aber auch meine Großmutter hatte es in ihrer Jugend nicht einfach gehabt. Sie hatte auf den verschuldeten Wilke-Hof in Kamitz[36] eingeheiratet, innerhalb

---

36 Kreis Aussig.

weniger Jahre war er durch ihre eiserne Disziplin schuldenfrei. Zwar war sie eine genaue Bäuerin, aber es gab bei ihr doch immer reichliche und gute Speisen. Und die Mägde und Knechte konnten bei ihr auch viel lernen. Von allen geliebt wurde aber meine Mutter, die Tochter des Hauses, doch musste sie fast noch mehr arbeiten und lernen. Mit zehn Jahren bekam sie einen Buckelkorb, noch vor der Bürgerschule in Aussig musste sie Gurken pflücken, nach Aussig fahren und die Gurken an die Kunden ausliefern.

Auch meine Großeltern fuhren jede Woche auf den Markt nach Aussig. Großmutter war wohl eine gute Verkäuferin, auf Handeln ließ sie sich nie ein, denn ihre Kunden waren wohlhabend genug, und sie hatte stets die frischeste Ware! Basta! Gemüse, Nüsse, Zwetschgen, Quark, Butter, Brot und natürlich ihre berühmten Gurken waren bei ihr innerhalb von zwei Stunden verkauft!

Später, nach Mutters Heirat, hat meine Großmutter väterlicherseits sie wohl hin und wieder etwas milder gestimmt. Doch ihr Wort galt. Eine liebevolle Großmutter war sie für mich nie. Mein Vater musste sie stets mit „Ihr" und „Euch" anreden.

Nach der Vertreibung hatte sich für sie alles verändert, sie musste bei ihrem ungeliebten Schwiegersohn leben, denn allein und nur mit ihrer Rente von vierzig Mark wäre sie verhungert. Selbst zu dieser Zeit hat meine Mutter immer noch auf das Wort ihrer Mutter gehört, das habe ich selbst beobachtet.

Familie Migner: Onkel Manni, Karli, Anschi und Trull

Bei Tante Anschi

Danach wohnte ich in München bei meiner Tante Anschi und Onkel Hermann Migner. Sie war eine direkte Cousine meiner Mutter und hatte zwei Kinder, Gertrud, Trull genannt, und Karl, der Bibi[37]. Beide gingen sie auf das Gymnasium, Trull machte gerade Abitur.

---

37 Bübchen.

Mit meinen nur drei Jahren Oberschule blieb mir nichts anderes übrig, als eine Stelle zu suchen. Denn meinen Lebensunterhalt musste ich selbst verdienen und außerdem noch meine Familie unterstützen. Ich war deswegen nicht besonders traurig, kannte ich es doch seit vier Jahren nicht anders. Bei der Mantelfabrik Louisoder fand ich auch bald eine Stelle. Die Hälfte meines Verdienstes gab ich meiner Tante, denn sie lebten damals nur von Onkel Mannis kleinem Prokuristen-Gehalt.

Sie waren erst kurz zuvor schwarz aus der Ostzone über die grüne Grenze gekommen. In der Heimat waren sie eine wohlhabende Familie gewesen in einer großen Wohnung, das Prokuristengehalt erlaubte ihnen einen großzügigen Lebensstil. Ich war gern und oft bei ihnen. Sie wurden als eine der ersten Familien vertrieben. Weil die Anschi das ahnte, schickte sie mich am Tage vorher vorsichtshalber nach Hause. Die allgemeine Unsicherheit übertrug sich auch auf uns Kinder, aber man glaubte es einfach nicht, daß eine Vertreibung kommen könnte.

Da wir als Deutsche keine Schule mehr hatten, war ich öfter bei ihnen. Vor allen Dingen ihre Bücher faszinieren uns, Trull hat gerne etwas vorgelesen.

Sie kamen in den kleinen Ort Perleberg, auf das Gut Gramzow, wo sie alle zusammen einen Raum der Gesindewohnungen hatten, auf dem Fußboden schliefen und nur Konservendosen fürs Kochen und alle anderen Verrichtungen besaßen. Zeitweise lebten sie dort zu siebt. Der Winter war eiskalt. Manni, der Vater, war dort von morgens 6 bis abends 8 Uhr Kutscher.
Der russische Verwalter drückte schon mal ein Auge zu, wenn Eßbares organisiert wurde, warnte aber vor den deutschen Aufsehern.
Es gelang ihm aber, nach München zu kommen, wo er eine Jüdin kannte, die er früher als „unabkömmlich für den Betrieb" vor der Deportation geschützt hatte und die bereits mit Möbeln hatte ausreisen dürfen. So floh er über die grüne Grenze nach München, wo er zunächst bei ihr wohnen konnte. Die Adresse hatte er aus der Heimat erhal-

ten, von seiner Mutter, die die Tschechen zum Bleiben genötigt hatten, weil sie Hebamme war. Da sie gebraucht wurde, durfte sie erst 1959 mit 76 Jahren mit ihren Möbeln nach Deutschland zu ihrer Tochter Ida Migner ausreisen. Deren Ehemann war der in der Heimat bekannte Jentsch-Karl, Autor des Theaterstücks „Trenk der Pandur", das jährlich im bayrischen Waldmünchen als Volksfest aufgeführt wird[38] und den Ort weltberühmt gemacht hat.

1948 wagten sich ihre Kinder schwarz und in einer abenteuerlichen Flucht über die Zonengrenze und landeten in Lüchow-Dannenberg, im Auffanglager der englischen Zone. Da sie von einem angeblich helfenden Bauern allein gelassen waren, orientierten sie sich die ganze Nacht über nach Westen an den „Rosinenbombern" nach Berlin und waren heilfroh, als ihnen im Morgengrauen ein Arbeiter begegnete, der ihnen sagen konnte, daß sie in der englischen Zone waren.

---

[38] Nach der ersten Aufführung starb er an den Folgen der Vertreibung, so erhielt er nur einmal Tantiemen. Mehr über ihn in meinen Kindererinnerungen S. 85 ff. - Ein Buch über Karl Jentsch ist in Arbeit.

Der Vater konnte ihnen aber Geld per Postanweisung für die Weiterfahrt schicken. Ausgehungert kamen sie zu Onkel Karl und Tante Hanne-Dore in Geesthacht bei Hamburg, wo sie sich auf die von Hanne-Dore mühsam ergatterten Grünen Heringe stürzten, obwohl Trull sich bis heute vor Gräten fürchtet.

Um nach München zum Vater zu gelangen, mussten sie noch die Kontrolle an der Grenze zwischen der englischen und amerikanischen Zone überstehen. Der andere Onkel Bui hatte sich nach Heidelberg entlassen lassen, was in der französischen Zone lag. Zum Glück gab es an dieser Zonengrenze keine weitere Kontrolle mehr.

Die Mutter Anschi wurde mit Hilfe von Studenten ebenfalls illegal über die Grenze geschmuggelt. Von ihrem Ausstieg aus einem Klofenster, wenn Kontrolle kam, hat sie noch später erzählt. Daß sie bei geflohener Familie noch nicht verhaftet war, hatte sie wohl dem biederen Bürgermeister, einem Bauern, zu verdanken, für den Karli einmal die offizielle Mairede vor dem russischen Kommandanten gehalten hatte.

Später gelang es Manni, eine Zweizimmerwohnung zu bekommen, für die ein verlorener Baukostenzuschuss von 2000 RM gezahlt werden musste, die ihm sein Chef vorgestreckt hatte.

Beide Kinder gingen noch in die Oberstufe des Gymnasiums, Trull fand dann aber schnell eine Stelle bei der chemisch-pharmazeutischen Fabrik Klinge.

Ihre Wohnung war klein, ich schlief in einer Küche ohne Fenster auf einer Matratze mit Stahlfedern. Sie lag auf einem hohen Holzrahmen, der tagsüber als Tisch diente. Aber trotz der Enge war es eine schöne Zeit. Zu essen hatten wir reichlich, für mich wirklich ein wahrer Segen! Meine Cousine fing bei der pharmazeutischen Firma Klinge an, später wurde sie dort sogar Abteilungsleiterin.

Bald besaß ich einen preiswerten Sommer- und einen hellblauen Wintermantel. Tante Anschi hatte sich eine Handnähmaschine gekauft, so schneiderten wir uns moderne Kleider, oft tauschte ich mit Trull Kleider. Für uns Mädchen war es eine schöne Zeit. Es gab nur ein einziges Problem: wir hatten nur ein Bad. Trull und ich gingen stets um sechs gemeinsam hinein, mussten aber, wenn jemand unbedingt auf die Toilette musste, spätestens um halb sieben wieder raus, nicht ohne Gemecker, hätten wir doch „nur noch zehn Minuten" gebraucht! Inzwischen hatte Tante Anschi im Wohnzimmer den Kaffeetisch gedeckt. Zu trinken gab es Muckefuck mit Milch und Zucker, selbstgemachte Marmelade kam von meiner Mutter, die sie Vater mitgab. Trull und ich fuhren dann mit der Tram in die Stadt, wo wir uns trennten.

Neben der Arbeit wollten wir natürlich noch etwas erleben. Trull hatte bereits einen Freund, ihren späteren Mann Mul. Franz kam am Samstag und Sonntag regelmäßig und konnte es oft einrichten, uns mit dem Lkw zur Isar zu fahren, wo man sich lagerte und badete.
Gern gingen wir auch ins Kino oder tanzen. Wir waren damals recht genügsam, weil es damals noch üblich war, dass die Herren die Mädel einluden. Sie waren eben noch Kavaliere alter Schule, abhängig

fühlten wir uns dabei aber absolut nicht. Emanzen wurden wir erst viel später.

Die Wies'n von 1952 habe ich noch in besonders guter Erinnerung. Tante Anschi wohnte damals in der Hermann-Lingg-Straße, nur wenige Gehminuten von der Festwiese entfernt. Während Onkel Manni Schach spielte, Karl sich mit seiner Clique traf und Trull mit ihrem Freund, gingen Anschi und ich also zum Oktoberfest. Das Toboggan sahen wir uns natürlich an, aber nur von außen – wir hatten ja kaum Geld – und amüsierten uns köstlich über die Verrenkungen der „Passagiere", wir genossen den Duft von gebrannten Mandeln und Zuckerwatte, aber abwechselnd richtete eine von uns beiden den Blick auch nach unten, und so hatten wir am Ende unseres Wiesnbummels meist einige Mark zusammen, die andere verloren hatten. Das teilten wir schwesterlich auf. Für uns war das alles eine Riesengaudi.

Ansonsten saßen wir abends wie damals üblich beisammen und redeten oder nähten ein neues

Kleid. Tante Anschi legte mir auch nahe, bei ihr Französisch zu lernen, das sie fließend sprach. Brav machten wir das zweimal die Woche, obwohl ich schon damals den Eindruck hatte, dass es wichtiger gewesen wäre, mein Englisch zu verbessern. Bei ihr lernte ich auch, wie man einen Tisch festlich deckt und wie man sich benimmt. Dafür bin ich Anschi immer noch dankbar. Von ihr nahm ich es gerne an, bei meiner Mutter war ich oft bockig gewesen.

Sie war eine tüchtige Frau und tolle Persönlichkeit, hatte sie doch dafür gesorgt, dass beide Kinder das Gymnasium besuchen konnten, obwohl auch sie bei Null hatten anfangen müssen wie alle Vertriebenen, während die Münchner „nur" ausgebombt waren und oft weitere Verwandte in der Nähe hatten, bei denen sie Unterschlupf finden konnten. Für sie war der Neustart nach dem Krieg nicht so schwierig.

So lebte ich fast ein Jahr. Ende 1952 fand mein Vater endlich eine Wohnung in München am

Harthof. Wir hatten die sogenannte Dringlichkeitsstufe, denn seine Familie lebte immer noch in Unterhausenthal. Meiner Mutter und meiner Großmutter fiel der Umzug schwer, hatten sie sich doch wohl gefühlt auf dem Dorf, wo sie jeden kannten. Wenn wir gewusst hätten, daß mein Vater schon kurze Zeit später in den Vorruhestand versetzt werden musste, wären sie bestimmt auf dem Dorf geblieben. Nun schlief ich in der Wohnung an der Schleißheimer Alm mit meiner Großmutter in einem Zimmer, aber endlich im eigenen Bett, und die Eltern blieben nachts im Wohnzimmer, nur mein Bruder hatte einen eigenen Raum.

Mit den Nachbarn im Mietshaus freundete sich meine Mutter bald an, es gab dort auch viele Vertriebene. Wer in der Heimat schon bei der Regierung oder auf Ämtern gearbeitet hatte, bekam in München bald eine Stelle.
Es ist erstaunlich, dass es den Behörden gelang, so schnell so viel Wohnraum für die vielen Menschen zu schaffen. Es war ja viel zerbombt und Wohnraum lange Mangelware. Zu sehen,

wie schnell alles wieder aufgebaut wurde, war eine Freude.

Noch während meiner Zeit bei Anschi gingen Trull und ich regelmäßig in die Ludwigskirche, obwohl wir fast neben der Pauluskirche wohnten. Trull hatte in ihrer Schulzeit die Pfadfinder St. Georg kennen gelernt. Dort war Pfarrer Gradl für die Gruppenabende zuständig, die zweimal in der Woche nach der Abendmesse stattfanden. Gruppenleiterin war Elisabeth Wagner, vier Jahre älter als ich. Ich fand sie spitze, und so trafen wir uns oft sonntags zum Lagerfeuer an der Isar, sangen Volkslieder und übten uns sogar in Überlebensstrategie. Doch zu unserem Leidwesen konnten wir unsere Freunde nicht überreden mitzumachen. Mein Freund hatte von den „Herdenspielen", wie er sich ausdrückte, reichlich genug, und so endete unser Pfadfinderleben 1953 wieder.

Auf einmal kam Franz nicht mehr. Nach vier Wochen Wartezeit ging ich mit der niederbayrischen Clique mal wieder zum Tanzen, da traf ich meinen

Hans. Wir verliebten uns sofort. Er war neun Jahre älter, im Krieg war er in russischer Gefangenschaft gewesen, was mir sehr imponierte. Jetzt arbeitete er in München bei der Firma Heilmann und Littmann, so konnten wir uns jeden Abend sehen.

Nach acht Wochen war Franz immer noch nicht wieder aufgetaucht, da habe ich ihm einen Abschiedsbrief geschrieben, nicht ohne Vorwürfe, warum er so lange nichts von sich hatte hören lassen, und ihn bei der Tante hinterlegt.

Tante Anschi erzählte mir später, dass er den Brief wortlos genommen hat und sehr traurig war. Er hatte für sein Schweigen gar nichts gekonnt, denn er hatte im Gefängnis gesessen, weil seine Fracht gestohlen worden war. Natürlich wurde er verdächtigt und saß deshalb hinter Gittern, bis sich seine Unschuld herausgestellt hatte.

Von seinem Bruder habe ich erst zwanzig Jahre später bei einem Klassentreffen erfahren, dass sein eigener Chef der Schuldige gewesen war. Das tat mir sehr leid, als ich es hörte. Heute bedaure ich mein Misstrauen ihm gegenüber sehr, aber manch mal ist das Schicksal einfach stärker, und schließlich habe ich damals ja auch meinen Hans kennen gelernt, der mich nicht mehr aus den Augen ließ.

Ein wenig Heimaterde brauchen wir ...

er Mensch bedarf der Heimat, um zu leben. Nicht so sehr sein Leib, aber seine Seele wurzelt darin. Er kann es verschmerzen, alles irdische Gut zu verlieren; die Kräfte, die in ihm kreisen, und sein Verstand, werden ihm helfen, das Verlorene neu zu gewinnen. Aber den Verlust der Heimat kann er niemals verwinden; er kann es nicht, selbst wenn er meint, ihrer nicht zu bedürfen. Nur durch die Rückkehr zu ihr kann er das Gleichgewicht seines inneren Daseins wieder herstellen.

Zu allen Zeiten und bei allen Völkern hält man den Heimatlosen für den unglücklichsten Menschen auf der Welt, und es sind fürwahr nicht wenige.

Weil aber der Mensch aus dem Born einer großen Weisheit geschaffen ist, ist er niemals völlig verloren, auch wenn ihn ein böses Geschick aus der Wiege seiner heimatlichen Stätte vertreibt. Tief in der Seele trägt er Kräfte mit sich, die er aus den Quellen seines Geburtslandes geschöpft hat. Es ist die Fähigkeit der Erinnerung. Schmerzhaft und heilsam ist sie zugleich, wo er sich ihrer bedient. Von der Stunde an, da im Kind die Kraft der Wahrnehmung gedeiht, nehmen seine Sinne, im Unbewußten wirkend, alles um sich her auf, was es heimatlich umgibt. Auge und Ohr öffnen sich den Dingen weit, die tagaus und tagein in sein Inneres einströmen: den Gesang der Vögel, die Glocken der Heimat, den Ruf des Hirsches, das Rauschen der Flüsse. Dazu gesellen sich die sichtbaren Dinge: das weite Feld, über das Pferde den Pflug hinziehen oder wo das reifende Korn sich im Winde wiegt; der Wald, vom Licht umspült oder im Schatten des sinkenden Tages ruhend; das Haus und der Garten und das weite Wiesental am Ufer der Flüsse. Das alles geht in den Menschen ein und wartet auf dem Grunde der Seele als unverlierbarer Bestand auf die Stunde, da er seiner bedarf, wo er hungert und dürstet nach dem Verlorenen. Dann bedarf es nur eines geringen Anstoßes, um es lebendig werden zu lassen: eines Vogelrufes, oder eines Liedes, oder des Lächelns eines Kindes.

Das ist, im übertragenen Sinne, das Stückchen Heimaterde, diese heilige Erde, das wir alle mit uns genommen haben, und wenn es auch gering scheinen mag, so kann es doch Wunder tun. Es kann uns für Stunden, für Tage, das Unglück vergessen lassen; es vermag uns die Kraft zu geben zu einer Tat, die unsere Not beseitigt oder sie doch geringer werden läßt. Wir genießen es wie Brot und wie Wasser aus einem frischen, reinen Quell. Der heimatverwurzelte Mensch ist der Kerntrupp der freien Welt. Überall muß der Raub der Heimat als Frevel an göttlicher Ordnung verfemt und als das Grundverbrechen an den Menschenrechten der freien Welt mit Acht und Bann belegt werden.

Johann Mader

Hans

Von Hans gibt es viele Geschichten zu erzählen. Das was aufgeschrieben wurde, wird hier wiedergegeben und zwar im Futaker Dialekt.

Über wahre Kurzgeschichten von Hans und Adam:
Diese Geschichten handeln von zwei Buben, von ihrer Schul- und Lernzeit. Hans, der Besonnenere, aus Neu-Futok in der Franzosengass, genannt die Backsimpler, der lieber zweimal überlegt, eh' er etwas falsch macht. Vom Lehrer als „Des Königs Von der Haad sein Stellvertreter" tituliert. Der Titel war anrüchig und respektvoll zugleich. Denn manch

einer von den Erwachsenen grinste heimlich über die Streiche der beiden.

Adam von der Heide lebte in sehr armen Verhältnissen, er hatte viele Geschwister und sein Vater war arbeitslos – oft war nicht einmal das nötige Brot vorhanden. Bei Hansens Mutter durfte er sich oft satt essen. Vielleicht war sein Leben nur deshalb so heftig, weil es so kurz war. Weinen und Lachen hatte er in einem Sack.

Wenn Hans später zurückblickte, war er Adam nicht böse wegen seiner Streiche. Auch wenn er oft auf die Gemeinde musste zur Rüge. Obwohl Hans mit Sicherheit bei der Hälfte der Streiche nicht mit dabei war. Aber man holte ihn automatisch dazu, wenn wieder einmal ein Streich zu grob ausgefallen war. Hans behielt Adam als Teil einer aufregenden und fröhlichen Kinderzeit und als guten Kameraden in Erinnerung.

Wie Hans seine Kleider verschenkte

Im Nachbarshaus wohnten mehrere kinderreiche Familien. Wenn Hans dachte 'die Hose ist mir zu kurz' oder 'diese Schuhe sind zu eng', gab er die Sachen einfach über den Zaun. Und die Eltern waren gezwungen, ihm was Neues zu kaufen. Obwohl sie beide immer gern noch ein Grundstück und noch ein Kleestück dazu kauften. Das waren eben die Schwowe...

Ein besonderer Schulweg

Adam und Hans gingen schlendernd zur Schule. Von Weitem hörten sie schon, wie zwei Erwachsene stritten. Adam puffte Hans in die Seite: „Komm, wir bleiben stehen und schauen uns dieses Schauspiel an!" Hans wollte nicht recht, doch er ließ sich überreden. Und so blieb man – auf Anraten von Hans in gebührendem Abstand – stehen. Über was die beiden stritten, war so schnell nicht rauszukriegen. Nur als der Eine schrie: „Ich hau dich über die Bjuck!", war Adam nicht mehr zu halten. Er ging forsch näher und schrie seinerseits: „Jo, gib's ihm und hau ihn über die Bjuck!".

Dies wiederholte Adam mindestens zwei Mal, wobei seine Stimme immer lauter wurde. Hans unternahm vergebliche Versuche, ihn aus der Reichweite der beiden Streitenden zu bekommen. Plötzlich holte der Adam Nächststehende aus und gab ihm ein paar saftige Ohrfeigen. Und jetzt verbündeten sich die beiden Erwachsenen und hieben auf Adam ein. Der nahm nun schleunigst Reißaus, doch seine Hiebe hatte er wiedermal bekommen. Er heulte bis zur Schultür, aber dort überkam ihn schon wieder das Lachen: „Siehst du, ich hab mich ja doch eingemischt!"

Milchpanscher

Einmal wieder in der Franzosengass', als der Milchmann stolz mit seinem Roß und Milchwagerl vorbeikutschierte, nahm Adam Hans bei der Hand und fing zu rennen an. Als ihm der Abstand groß genug erschien, rief er laut lachend: „Milchpanscher, Milchpanscher!" Und als er ein drittes Mal losschreien wollte, war Besagter schon knapp hinter ihnen und ließ unter Drohrufen die Peitsche knallen. Nun spurteten die Buben los. Diesmal konnten sie noch entkommen. Der Milchmann rief noch: „Tscharuga...einmal erwische ich dich!" Denn diese grundlose Beschimpfung konnte und wollte er sich nicht länger bieten lassen.

Wieder einmal waren Hans und Adam bei die Backsimpler unterwegs, da erspähte Adam vor einem Eingangstor (bei den Donauschwaben war jedes Haus von einer hohen Mauer umgeben) die Leiter des Rauchfangkehrers. Ohne ein Wort zu sagen flitzte er hin und lehnte die Leiter so geschickt, daß sie dem, der das Tor öffnete, sofort auf den Schädel fallen musste. Blitzschnell zog er Hans hinter einen dicken Maulbeerbaum. Keine Minute zu früh – denn schon ging das Tor auf und der arme Rauchfangkehrer stak mit seinem Kopf bis zum Halse zwischen den Sprossen. Er schrie und schimpfte fürchterlich. Zur gleichen Zeit fing Adam zu lachen an, und in solchen Situationen konnte er nicht mehr damit aufhören. Der Rauchfangkehrer erkannte Adam und schwor ihm blutige Rache. Jetzt war es Hans, der Adam zum Wegrennen bewegte. Denn der Rauchfangkehrer hatte sich inzwischen befreit und begann, hinter den Buben herzulaufen. Da er ja nur Schlappen anhatte, gab er für diesen Tag die Verfolgung auf. Aber einmal kommt die Rache...

Rache des Milchmanns und des Rauchfangkehrers
Diesmal war Adam in der Franzosengass' allein unterwegs, und plötzlich sah er, daß seine Hauptfeinde ihn in die Zange nahmen. Der Rauchfangkehrer von der einen Seite und der Milchmann von der anderen. Adam schrie schon bevor sie ihn hatten so laut, daß Hans es bis in seinen Hof hinein hören konnte. Er spähte vorsichtig beim Tor raus... und zog lieber seinen Kopf wieder ein. Denn die beiden hatten Adam erreicht und droschen ihn windelweich. Er konnte eine Woche lang in der Schule nicht sitzen. Doch kaum waren seine Blessuren verheilt, war er wieder ganz der Alte und machte sich zu neuen Schandtaten auf.

Schüsse vor dem Kino
Hans und Adam standen Sonntagnachmittag vor dem Kino und schauten die Bilder an, denn zum Reingehen reichte das Geld mal wieder nicht.

Hans spielte nebenbei mit etwas in seiner Hosentasche. Was da alles drin war: Nägel, Schrauben, Kiesel, Zwiestel, Taschenmesser und so weiter. Plötzlich tat es einen lauten Knall, und Adam rannte davon und schrie: „Hans, schnell, die schießen auf uns!!!" Doch diesmal lachte Hans, denn nur er wußte, daß es Knaller in seiner Hosentasche waren.

Schulausflug

Hans bekam von seiner Großmutter Wurst, Äpfel und einen Kanten Brot mit. Nicht so der arme Adam, der hatte in seinem Ratzenbeutel nicht viel. Alles, was nichts kostete, hatte er unterwegs aufgelesen: Maiskolben, Nüsse, Weintrauben, Äpfel. Als man das Ziel erreicht hatte und Rast machte, hielt sich Adam abseits. – Im Nu hatte er ein kleines Feuer, und geschickt röstete er seine Maiskolben. Hans gab ihm Schunkaspeck, den hielt er ebenso übers Feuer. Gleichzeitig schaute er sehnsüchtig zur Fleischerstochter, die genüßlich ihre vielen „Werst" auspackte. Doch sie wiederum roch das Gebratene am Feuer. Sie packte die Hälfte ihrer „Werst" und bot sie Adam zum Tausch an. Adam schlug sofort in den Handel ein und konnte sich so endlich mal wieder an Fleisch und Wurst satt essen.

Als Hans seinen Hund „Nero" bekam

Hans bekam ein kleines, jammerndes Bündel Fell. Viel zu früh hatte man den Hund von der Mutter getrennt. Zum Trost nahm Hans ein Stück alte Decke, wickelte ihn ein, sodaß nur der Kopf rausschaute, und nahm ihn mit ins Bett. Der kleine Hund jammerte sich nun in den Schlaf, und fortan war Hans sein Ein und Alles. Überall nahm ihn Hans mit. Außer natürlich zur Schule. Wenn Hans nach Hause kam, war die Freude immer riesengroß. Später lehrte Hans ihn allerlei Kunststücke: wie man eine bestimmte Henne fängt, die Mutter schlachten will. Oder wie man die Hühnerleiter raufklettert, ein Ei in die Schnauze nimmt, und es ohne es zu zerbrechen dem Hans gibt.
Beide hatten viel Spaß miteinander. Und die traurigen Hundeaugen sollte Hans nie vergessen, als Hans zum Militär musste.

Hans war Donauschwabe und neun Jahre älter als ich. Vor dem Krieg hatte er in Futak an der Donau gelebt, einem großen Ort im Kreis Neusatz/Novisat, wo sein Vater Zimmermann und Weinbauer war, die Mutter war Weißnäherin und bildete als Meisterin Lehrlinge aus. Sie führte auch einen kleinen Lebensmittelladen und war berühmt für ihre Sämereien, die sie selbst erzeugte. Zehn Jahre hat der Vater in den USA gearbeitet, weil es zu Hause keine Arbeit gab.

Hans hatte einen erstklassigen Schulabschluss und wollte das Kapitänspatent für die Donau erwerben, doch es gab dazu keine Gelegenheit, sodaß er eine Lehre als Maler und Tapezierer machte und sich mit Farben beschäftigte. Er erhielt ein sehr gutes Abschlusszeugnis und wollte studieren. Stattdessen wurde er zur Waffen-SS[39] eingezogen.

Nach der Grundausbildung konnte er eine Prüfung in Geschichte und Erdkunde ablegen und wurde als Lehrer beim Regiment „Prinz Eugen" beschäftigt.

---
39 Auslandsdeutsche wurden grundsätzlich zur SS und nicht zur Wehrmacht eingezogen.

Damals hatte er darin schon überragende Kenntnisse. Dort äußerte er sich auch kritisch zur Kriegsführung. Deswegen wurde er degradiert, indem man ihm die Unteroffiziersschulterklappen herunterriss und ihn mit seinem Freund Michi Basler[40] in ein Strafbataillon an die russische Front versetzte. Dort erlebte er einen schweren Winter. Einmal hatten sie sich ein kleines Öfchen im Erdbunker unter dem Schnee gebaut, mit einem Rohr als Abzug, das umfiel, sodaß sie eine Monoxydvergiftung bekamen und nur durch einen Essensträger gerettet wurden. Davon blieb ihm ein Schaden bis zum Lebensende.

Ein anderes Mal hatte er allein Wache in einem Schneeloch bei Minus dreißig Grad. Weil es in der Sonne warm war, legte er die Kleidung ab, um auf Läusejagd zu gehen, als es so plötzlich kalt wurde, daß er ohnmächtig und nur von den Kameraden durch Zufall gerettet wurde, ohne Erfrierungen davonzutragen.

---

40 Zum 60. Geburtstag 1983 trafen sie sich zum ersten Mal wieder.

Beim brutalen Häuserkampf in Budapest geriet er in russische Kriegsgefangenschaft, vorher vernichtete er alle seine Unterlagen. Dort kam er auf die Schreibstube, weil er fließend russisch sprach, wo er einen den Deutschen gut gesinnten Offizier fand. Er hatte die Entlassungspapiere für Schwerstkranke und Alte zu schreiben und hatte ein wenig Einfluss auf die Auswahl. Viele haben ihm später noch dafür gedankt.

Als das Lager schon recht leer war, gelang es ihm, auf einen Holztransport nach Österreich als Mitbegleiter eingeteilt zu werden, wobei ihm die Flucht gelang. Er stellte sich selbst einen Entlassungsschein aus mit Hilfe eines Maiskolbens als Stempel. Nachdem er sich bei der Gendarmerie gemeldet hatte, konnte er etwa ein Jahr in der belieferten Sägerei arbeiten. In dieser Zeit gelang es ihm, über das Rote Kreuz die Adresse seiner Eltern in München zu erfahren, die ihm einen Zuzugsschein besorgen konnten. Er lebte bereits drei Jahre in München, als wir uns kennenlernten.

Wer von den Donauschwaben Pferd und Wagen besaß, musste vor der Front von Futak an der Donau auf Anordnung des deutschen Bürgermeisters im Treck mit Pferd und Planwagen die Heimat verlassen und nach Bayern fliehen. Der erste Treck hatte 78 Wagen mit 551 Personen, der zweite 56 mit 325 Personen.

Die Kinder zwischen 6 und 14 Jahren hatte man vorher ohne Angehörige evakuiert, der eine Transport kam nach Reifenpanne des Busses und Requirierung von Pferd und Wagen ohne Betreuer nach Baja in Ungarn, bis das Rote Kreuz sie nach Franken brachte, der zweite ging mit Schiff und schließlich der Bahn ab Budapest in die Lausitz und von dort nach Marienborn[41].

---

41 Grenzlager in der englischen Zone. Alle Angaben zu den Donauschwaben aus einem Privatdruck des Lehrers Wüst mit Bildern, verfügbar im Haus der Donauschwaben in Garching.

Maria Mader

Die Mutter von Hans konnte sich mit größerem Gepäck wie Wäsche, Lebensmitteln und mit den wichtigsten Papieren wie Zeugnissen und Grundbesitzurkunden auf einen der beiden Schlepper retten, die am 7. Oktober 1944 in Altfutok angelegt hatten. Die Futoker hatten sich der beiden Schlepper bemächtigt, und wer bei der Kolonne nur als Mitfahrer eingeteilt gewesen war, rettete sich auf eines der Schiffe. Es war auch viel Platz für Proviant dort, und ein kriegsmäßig ausgerüsteter Dampfer war als Zugschiff zugesagt. Zwei Tage später fuhr der Schiffszug ab, trotz Beschuss durch Partisanen kam man noch nach Vukovar, wo man noch einmal Proviant fassen konnte, aber in Mohacs endete die Fahrt, da die Donau vermint war und die Russen nicht mehr weit entfernt waren. Nun musste man Tiere, Lebensmittel und Gepäck zurücklassen und in Kohlewaggons der Bahn umsteigen. Da zu wenig Platz war, wurden zuerst die Frauen mit Kindern und die alten Leute eingeladen und die Familien auseinandergerissen.

Einige gelangten nach Schlesien, von wo sie wiederum vertrieben wurden, andere nach Bayern, wobei sie noch in einen Fliegerangriff gekommen sind. Die Liste der Orte, in denen man Zwischenaufenthalt machte, nennt 60 Orte, schon das lässt die Leiden und die Mühsal der Betroffenen ahnen. Viele blieben auch verschollen.

Erspart blieb der Mutter von Hans das in dem verlassenen Dorf Jarek in der Batschka durch Wachen umstellte Vernichtungslager für alte, kranke und arbeitsunfähige Deutsche.

Die andere Verwandtschaft der Mader, die Familien Papp, Zetsch und Helferich aus Futok, war mit dem Treck bis Garching gekommen.

Von diesem Treck auf dem Weg durch Trostberg am 24. April 1945 gibt es ein Foto[42], das 2008 in der Zeitung abgebildet war.

In Garching a. d. Alz, Kreis Burghausen, war Endstation. Garching nahm alle auf, und bald baute man Häuschen, natürlich mit vielen Nachbarn, wie es bei Neusiedlern üblich ist. Die Gemeinde stellte den Grund, und bald war alle Drangsal vergessen.

Die Mutter von Hans fand auf dem Treck aber keinen Platz und wurde in ein Lager in Gakovo in Ungarn gebracht. Da sie erstklassig kochen konnte und gut russisch sprach, konnte sie tagsüber bei einem russischen Offizier arbeiten und abends noch Lebensmittel mit ins Lager bringen, wo sie bis 1947 blieb. Danach wurde die Flucht geduldet. Sie gelangte nach München, von wo sie zu den anderen Verwandten nach Garching ging.

---

42 siehe Anhang.

Der Vater wurde 1946 aus russischer Kriegsgefangenschaft entlassen. Auch sie bauten sich in Garching ein Haus. Dort hielten die Donauschwaben noch lange an der heimischen Tracht fest, die Frauen trugen Kopftuch.

Mit den meisten Nachkommen habe ich noch Kontakt.

Nicht nur ausgezeichnet kochen konnte meine Schwiegermutter, sie war auch ein großes gärtnerisches Talent, noch dazu eine Frau mit großem Herzen. Hier im Garten ihres neuen donauschwäbischen Hauses.

Freizeitvergnügen

Weil wir nicht viel Geld hatten, gab es nur selten Kino oder Theater, ansonsten Radfahren, Schwimmen und Picknick an der Isar und Tanzen.
Eines Tages verabredete ich mich mit einer alten Schulfreundin aus Niederbayern für eine Radtour. Am Sendlinger Tor trafen wir uns, in unserer Gruppe zu viert war auch mein Hans, den ich dabei kennenlernte. Am Abend gingen wir alle zum Tanzen, auch Hans ging mit, obwohl er eigentlich anders verabredet war. Ich hatte nur noch 1,50 DM in der Tasche und leistete mir ein Glas Rosé für 50 Pfennig. Den Rest wollte ich behalten und behauptete, ich hätte keinen Durst mehr. Heimlich trank ich dann Wasser vom Wasserhahn. Das muss Hans bemerkt haben, jedenfalls sagte er daraufhin: „Beim nächsten Treffen bist du eingeladen, also mein Gast, denn ich bin ein Kavalier der alten Schule!" Und das machte er auch.
Wir sind in Ausstellungen und mit anderen zum Zelten gefahren, bis zum Starnberger See geradelt,

wir haben uns selbst verpflegt und schöne Zeiten gemeinsam verbracht.

Hans hatte eigentlich vor, nach Amerika zu gehen, blieb aber meinetwegen in München. Er schloss einen Bausparvertrag ab, um möglichst bald einen Hausstand mit mir zu gründen. Eine Wohnung konnten wir erst nach unserem Aufgebot für die Heirat bekommen. Erst 1956 haben wir geheiratet, sechs Jahre nach unserem Kennenlernen. Zehn Jahre später besaßen wir ein Haus in Erding.
Unsere Hochzeit war sehr spartanisch, nur Trauzeugen waren da, keine weitere Verwandtschaft. Gegessen wurde zu Hause. Aber dann reisten wir nach Venedig! Es wurden traumhaft schöne zehn Tage. Später erfuhren wir, dass die Verwandtschaft in unserer Wohnung doch noch kräftig gefeiert hat.

Später, als ich durch eine misslungene Operation 1978 schwer krank und gehbehindert wurde, hat mich mein lieber Hans rührend und selbstlos unterstützt, er blieb immer an meiner Seite.

Als sein Sprachzentrum gestört war, konnte ich ihm viel zurückgeben. Jetzt nach seinem Tod 1999 bedaure ich, daß ich mich bei ihm nicht genug bedankt habe.

Arbeiten im Akkord

Jeden Tag radelte ich 1952 von der Wohnung am Harthof nach Giesing zur Firma Louisoder. Neun Jahre arbeitete ich dort im Akkord. Mal mussten wir Kragen heften, dann Manteltaschen nähen oder Kragenecken nach Schablone schneiden. Neunzig Stück mussten wir anfangs pro Tag fertigen, dann jedes Jahr mehr, bis zu 113 Stück am Tag. Mittagspause hatten wir eigentlich eine halbe Stunde, in der Kantine, doch nach zwanzig Minuten waren wir schon wieder am Platz, sonst hätten wir die Stückzahl nicht geschafft. Einen Betriebsrat gab es wohl, aber kaum Beschwerden. Denn die meisten Arbeiterinnen waren verwitwet und auf den Verdienst angewiesen.

Als Belohnung gab es 1952 eine Fahrt nach Jesolo in Italien, die Mitarbeiter sollten allerdings einen Beitrag von fünfzig Mark zahlen. So viel Geld hatte ich nicht, ebenso wie sechs andere Kolleginnen, da übernahm die Firma für uns diese Kosten. An den Weihnachtsfeiern sangen bekannte Gruppen und Künstler, unter anderem Fred Rauch. So wurden wir immer wieder besänftigt und von den harten Arbeitsbedingungen abgelenkt, und Herr Louisoder bekam stets eine gute Presse! Denn solche Feste und großzügigen Gesten standen immer groß in der Zeitung, nichts aber davon, daß wir keine Pausen hatten und zur Toilette regelrecht rennen mussten, damit es möglichst schnell ging. Wenn wir zwischendurch eine Breze essen wollten, mussten wir sie verstecken. Und man weiß ja, wie gerne ich aß …

Im Laufe der Jahre hinterfragte ich vieles, auch über die Anfänge der Firma dachte ich oft nach, denn es hatte mit Uniformen für die Wehrmacht angefangen. Die Stoffe für die spätere Produktion hatte man für einen Pappenstiel übernommen. Immerhin gab er vielen Leuten Arbeit und den so notwendigen Lohn.

Einmal ging Herr Louisoder wieder durch die Reihen und blieb bei mir stehen. Er griff sich meine Kreide und rief in den Saal: "Ist ja kein Wunder, daß die Krägen um zwei Millimeter nicht stimmen, wenn die Kreide so schlampig gespitzt ist" und warf sie durch die Gegend. Daraufhin packe ich meine Sachen, sagte dem Vorarbeiter Bescheid und ging betont langsam ins Lohnbüro, um sofort zu kündigen. Im Akkord wollte ich ab sofort nicht mehr arbeiten.

Dort bat man um etwas Geduld, bis die Papiere fertig sind. Dann wurde ich ins Chefbüro gebeten, wo ich ganz ruhig meine Meinung sagte. Jetzt war er sehr zuvorkommend, entschuldigte sich sogar und bot mir an, ab sofort in der Mustergruppe zu arbeiten. Und er appellierte an meinen Geldbeutel, denn nach zehn Jahren Betriebszugehörigkeit, wozu gerade mal ein halbes Jahr fehlte, sollte ich ja dreitausend Mark bekommen. Das war natürlich eine große Versuchung, aber ich lehnte trotzdem ab. Ich hatte mich lange genug abgerackert und mich von der Firma innerlich schon sehr distanziert.
Mit einem sehr guten Zeugnis bin ich ausgeschieden und war dadurch auf dem Arbeitsmarkt sehr begehrt, denn bei der Firma Louisoder in München gearbeitet zu haben war die beste Empfehlung.

Es wurde daraus ein turbulentes Jahr. Bei jeder Firma wurde ich ohne Zögern angenommen. Zuerst ging ich zur Firma Lodenfrey und noch in demselben Jahr zu fünf weiteren Firmen. Jedes Mal nach zwei Monaten hatte ich zehn bis dreißig Pfennige pro Stunde mehr verlangt und war schließlich bei dem Stundenlohn wie bei Louisoder angelangt. Aber dann machte ich Schluss damit, Näherei und Akkord wollte ich endgültig hinter mir lassen.

So bewarb ich mich bei Siemens. Dort wurde ich als Mensch behandelt und konnte mich auch hocharbeiten. Meinen häufigen Wechsel im Jahr zuvor erklärte ich im Einstellungsgespräch ausführlich. Mein Siemens-Chef Dr. Sandmann glaubte mir meine Gründe zunächst nicht, später schon. Auch wenn mir große Chancen nicht mehr eingeräumt wurden, blieb ich 25 Jahre, bis ich krankheitsbedingt 1983 in die Frühpension ging.

Bei Siemens bin ich Christliche Gewerkschafterin geworden, und zwar aus Protest gegen die IG Metall, weil sie uns die Informationen für Gewerkschaftsmitglieder nicht herausgaben. Ich beschaffte sie mir jedoch auf ganz regulärem Wege, indem ich mit vier anderen dem CMV[43] beitrat. Bald schwang ich meine erste Rede – fragt mich nicht, mit wieviel Herzklopfen! Wenn ich dann bei der Siemens-Führung für unsere Mitglieder etwas durchzusetzen hatte, ging alles reibungslos, und ich bekam alles genehmigt. Terror machte ich nämlich nur in schweren Fällen, wenn Leute wie z.B. alleinerziehende Mütter dringend Hilfe benötigten, aber nicht bei irgendwelchen Lappalien.

Ja, die CMV galt etwas bei Siemens. Wir waren zwar nur fünf Christliche Gewerkschaftler, fünf Unabhängige und zehn Mitglieder der IG Metall in unserer Firma. Doch wir behaupteten uns und wir ließen uns auch nicht abwerben.

Unser Standort Siemens Nord – Frankfurter Ring hatte 1500 Mitarbeiter.

Bald kamen die ersten Ausländer, anfangs nur Jugoslawen. Allen diesen Leuten halfen wir bei ihren Schwierigkeiten fern ihrer Heimat. Da man wusste,

---

43 Christlicher Metallverband Deutschland, Eintritt am 1. 10. 1978.

wie viele und ob sie mit Frauen bzw. Kindern kommen, wurden für sie am Standort verschiedene Wohnheime, Wohnungen und ganze Blöcke angemietet. Obwohl Siemens so führend bei ihrer Unterbringung vorsorgte, war das oft nötig.

In den 50er Jahren kamen die ersten Serben, Mazedonier, Kroaten und Ungarn. Für jeden gab es den passenden Arbeitsplatz.

Die „Slowener" hatten schon eine eigene Gewerkschaft, „Rudis", die mit der Siemens-Führung direkt verhandelte.

Die ersten Verträge gingen auf 5 Jahre, manche blieben aber auch länger oder für immer. Nur ganz wenige gingen wieder zurück, die anderen fühlten sich pudelwohl.

Meine Arbeit in der Siliziumfertigung, im Labor und in der Arbeitsvorbereitung unter Dr. Sandmann stand immer vorne an. Wir waren auch nie pingelig: wenn mal schnell etwas erledigt werden musste, machte man halt eine Überstunde.

Meine Abteilung bestand aus 27 Leuten, davon waren schon 7 Ausländer. Die Pausen verbrachten wir immer von Anfang an miteinander.

Als Gewerkschaftlerin kümmerte mich meist um Mädchen und um Alleinstehende mit Kind, z.B. darum, daß die Arbeitszeit im Schichtbetrieb zu den Öffnungszeiten des Hortes passte. Daß unverheiratete Alleinerziehende eine Wohnung bekamen, war nicht selbstverständlich.
Wenn irgendetwas nicht so lief, setzte ich mich immer persönlich mit dem zuständigen Leiter in Verbindung, und so hatten wir nie wirkliche Schwierigkeiten und fanden immer Lösungen.

Meine beste Freundin, Tereza, stammte aus dieser Gruppe, sie ist Halbkroatin und Halbdeutsche, als Dolmetscherin wurde sie anfangs oft gebraucht, denn es gab Leute, die konnten noch gar kein Wort Deutsch. Aber nach einem halben Jahr sah das schon ganz anders aus. Das waren noch gute Zeiten mit gutem Zusammenhalt in jeder Abteilung.

Tereza war verwitwet. Später heiratete sie Egon Behr, den Abteilungsleiter des Siemens-Wohnungsreferats. Auch er hatte seine Frau verloren. Tereza und Egon führten eine gute Ehe.

Landsmannschaft

Bei der Zusammenführung unserer Familie schrieben sich meine Mama, die Tante Anschi und die beiden Cousinen aus der Struppe-Dynastie die Finger wund, auch über das Rote Kreuz, und man hatte dabei Erfolg. Aber es dauerte bis in die 60er Jahre, bis alle gefunden waren. Die Suche war mühselig, denn Telefon gab es damals nur für die wenigsten.

Allmählich ging es aufwärts, denn alle haben sofort angepackt, wo es Arbeitsmöglichkeiten gab, auch wenn es nicht im alten Beruf war. Anfangs schätzte man sich ja schon glücklich, wenn man ein Dach über dem Kopf hatte, nur sehr allmählich wurde es besser. Bloß rumsitzen wollte damals doch keiner, dazu hatte man die Schrecken und die Not noch zu sehr in den Knochen, und man war sich auch nicht zu schade, wenn es anfangs oft nur Hilfsarbeiten und Drecksarbeiten gab. Den meisten ist erst im Laufe der Zeit die Rückkehr in den gelernten Beruf, oft aber auch ein unglaublicher Aufstieg gelungen.

Schon bald ging es allen wieder besser. Man konnte uns vertreiben, aber nicht unser Wissen!

Ich habe die Aussiger Treffen[44] bei den Sudetendeutschen Tagen immer gerne besucht, weil man so viele Bekannte, auch Schulfreunde treffen konnte. Man hörte, wie es uns allen bei und nach der Vertreibung gegangen war. Zuerst ging es nur um das Überleben und das tägliche Brot, vor allem musste man sich gegenseitig helfen und vor allem Adressen tauschen und hören, welche Möglichkeiten es gab, wieder in den Beruf zu kommen und wie es wohl weitergeht.

In den Wohnungen rückte man bei den jährlichen Treffen mit Landsleuten sehr eng zusammen, jeder brachte etwas mit, Naturalien oder Fotos von daheim. Gekocht wurden riesige Töpfe voll Eintopf, die Österreicher gaben Kuchen dazu,

---

44 Die Sudetendeutschen waren überwiegend in Dörfer Bayerns ausgesiedelt, viele fanden in München Arbeit. In den 40er Jahren war das Reisen noch sehr schwirig, nicht nur wegen der verschiedenen Besatzungszonen.

andere steuerten Geld bei. Es war ein phänomenaler Zusammenhalt! Und jeder erzählte seine eigene Vertreibungsgeschichte, so manche Nacht ging darüber hin. Man kam gerne zusammen, reiste aus verschiedenen Bundesländern an oder sogar aus Amerika, England oder Kanada – und das meistens bis zum Lebensende. 1954 war der 5. Sudetendeutsche Tag[45] in München.

Wir waren ja froh, dass wir uns als Vertriebene bezeichnen und versammeln durften, was in der Sowjetischen Besatzungszone und in der DDR verboten war. Denn „Umsiedler" waren wir ja nicht. Dort wurde ihnen fast gar nicht geholfen, meine Großmutter Anna Dörfel hat sich in Warin aus Hunger und aus Sorge um ihre Kinder und Enkel

---

45   Der Sudetendeutsche Tag ist ein seit 1950 jährlich zu Pfingsten stattfindendes Zusammentreffen der Sudetendeutschen, zu dem regelmäßig mehrere zehntausend Besucher kommen. Wesentliche Bestandteile des Sudetendeutschen Tages sind der Volkstumsabend und das Volkstanzfest beziehungsweise das Böhmische Dorffest am Pfingstsamstag sowie die Messe und Hauptkundgebung am Pfingstsonntag. Anschließend finden in den Messehallen nach Heimatlandschaften und Heimatkreisen gegliederte Treffen statt. (Wikipedia)

schließlich erhängt. Mein Hilfspaket kam einen Tag zu spät an.

Emma Wilke haben wir deshalb aus der Ostzone geholt, der Ehemann Joseph ist schon bald nach der Vertreibung an den Folgen der Krätze gestorben. Bei der Vertreibung mussten die Großeltern Wilke eine Woche im Zug verbringen, unter schlimmen hygienischen Bedingungen.

Meine Eltern und ich waren in der Sudetendeutschen Landsmannschaft Mitglieder seit ihrem Bestehen. Anfangs bestand die Hoffnung auf Rückkehr, dann wenigstens auf Erhalt der Kultur.

Die Kundgebungen an den jährlichen Sudetendeutschen Tagen habe ich mir immer angehört, es ging ja nicht nur um die Heimatfrage, sondern auch um dringende praktische Fragen wie Anerkennung von Abschlüssen, Rentenzahlungen, Lastenausgleich und anderes mehr, auch trat regelmäßig Ernst Mosch mit seinen Egerländern auf und spielte Volksmusik, und man sah die alten Trachten, die dann auch in Bayern wieder belebt wurden. Neue

Waren nach den alten heimatlichen Rezepten wurden an Ständen angeboten, und es sprach sich schnell rum, was man wieder kaufen oder durch selbstgefertigte Sachen oder Arbeitsleistung tauschen konnte, auch half man sich damit gerne gegenseitig. Vor allem fand man sich an den Tischen zusammen. Jeder Kreis wie Aussig hatte einen eigenen Bereich, und für die einzelnen Orte der Kreise standen auf den Tischen Tafeln mit den Namen wie „Kamitz" oder „Arbesau". Manche Gäste reisten von sehr weit mit Bus oder Bahn an, nur um sich einmal im Jahr zu sehen. Oft feierte man gemeinsam die heimatlichen Feste mit den traditionellen Speisen.

Jeden Monat traf man sich auch in den Orten und Stadtteilen. In die Erdinger Ortsgruppe kam ich 1966 mit unserem Umzug dorthin, und ich bin auch gleich in den Sudetenchor von Erding eingetreten, als mich die Chorleiterin auf der Heimfahrt vom Sudetentag singen hörte und mich sofort begeistert anwarb.

Unser Chor war bis zum Jahr 2000 eine sehr gute Adresse, bei vielen Festivitäten und in ganz Bayern waren wir unterwegs.[46]

Es war einfach schön, der Zusammenhalt war gut, vor allem auch mit den Einheimischen hatten wir immer guten Kontakt, im ganzen Landkreis waren wir samstags und sonntags sowieso immer gefragt. Ich bin stolz, seit 1973 dabei gewesen zu sein.

Bei Stammtischen oder auf Festen stimmen wir noch öfters unsere Erzgebirgslieder an, mit Wehmut, aber auch mit Dankbarkeit.

Die schönen alten Volkslieder, vor allem die von Anton Günther, haben mich immer besonders gefreut, aber es wurde auch Anspruchsvolles von Beethoven, Mozart, Schubert, Mendelssohn, Uhlig und auch Verdi gesungen.

Zwanzig Jahre war ich dabei, bis der Chor sich aus Altersgründen leider auflöste.

---

46 s. Anhang

Der Sudetenchor von Erding

Seit zwanzig Jahren bin ich auch im Vorstand, sogar Vorsitzende in der Ortsgruppe, in der Kreisgruppe und in der ARGE (Arbeitsgemeinschaft der Vertriebenen) und konnte schon vieles bewirken. Nur aus Krankheitsgründen kann ich bloß noch die Ortsgruppe leiten.

Mit Lesungen und Erzählungen habe ich mich häufig bemüht, daß die Heimat lebendig bleibt. Ich habe immer wieder Erzählungen, Berichte über Bräuche und Vergangenes für den Erdinger Anzeiger geschrieben oder an Heimattagen vorgetragen und vieles sollte auf diese Weise lebendig bleiben.

Ein Mahnmal der Vertriebenen mit einer Schiefertafel und Inschrift hat die Stadt auf Wunsch der Vertriebenen vor 65 Jahren am Friedhof St. Paul errichtet. Ich sorge mit dem Arbeitskreis der Vertriebenen für die Pflege der Stätte.

Ich habe mich auch sehr gerne eingemischt, wenn es nötig war, so habe ich z.B. letztlich, als ein Politiker uns mit Migranten gleichgestellt hat, einen Artikel verfasst, um den grundsätzlichen Unterschied von Vertriebenen, den Deutschen von damals, zu Migranten klar herauszustellen.

Im Landratsamt hängt ein Wandteppich mit Wappen aus den verschiedenen sudetendeutschen Städten, der von mehreren Frauen gestickt und zusammengenäht und 2005 der Stadt übergeben wurde.

Am Tag der Heimat 2014 erhielt ich eine Urkunde: „Für langjährige und hervorragende Dienste für Heimat und Volksgruppe wird Maria Mader das Ehrenzeichen der Sudetendeutschen Landsmannschaft verliehen. Bernd Posselt, Sprecher der Sudetendeutschen Volksgruppe, München, 10. Juli 2014".

In der Begründung heißt es: „Maria Mader war und ist trotz ihrer schweren Erkrankung in all den Jahren Motor, Initiator und Vorbild für einen großen Einsatz zum Erhalt unserer Volksgruppenorganisation. Ihr Eifer, ihre Ausdauer sowie die Treue zur Heimat, die sie regelmäßig besucht, sind beispielgebend. Dies findet auch Ausdruck in all den Jahren in vielerlei Aktivitäten wie Mitwirkung im Sudetenchor (bis 1995), die Betreuung der Stammtische, die Kontaktpflege zu politisch Verantwortlichen und zur Presse, die Lesungen von Gedichten, Geschichten aus und über die Heimat bei öffentlichen Anlässen und in der Volkshochschule Erding.

In ihrem Buch „Meine Kindheitserinnerungen im Schatten der Monumente" erzählt sie von ihrer Heimat Böhmen. Zurzeit schreibt sie an ihrem zweiten Buch, das von der Zeit ihrer Ankunft in Bayern handeln wird. Ihr Ziel ist es heute, die junge Generation für die Landsmannschaft zu gewinnen und sie für die Wurzeln und die Kultur in der Heimat zu begeistern."

Mich freut es ganz besonders, daß meine ehrenamtliche Tätigkeit über fast 30 Jahre nun auch offiziell in einer schönen Urkunde und mit der entsprechenden Nadel und anerkannt worden ist.

Ich versuche auch weiterhin, viele Bräuche und Sitten weiterzugeben, solange ich lebe, inzwischen auch in der alten Heimat, denn man trifft sich auch in Aussig oder Kulm und Gartitz und kann daran erinnern, wie es einst war, als wir noch zu Hause waren!

Man lebte früher mehr nach dem Jahreskreis: im Frühjahr wurden die Felder und der Garten bestellt, dann kam der tierische Nachwuchs, d.h. Kälbchen, Zicklein, Hasen, Fohlen, Kätzchen und Küken, und so lernten wir spielend, respektvoll und liebevoll mit dem Tier umzugehen, denn auch die städtischen Verwandten spielten auf dem Lande gerne mit. Im Sommer suchte man bei der Hitze den Schatten, und häufig und besonders in den Ferien waren die Stadtkinder wieder da. Der Herbst war die Erntezeit, um für den strengen Winter Vorräte anzulegen, denn man sorgte noch selbst vor. In Gläsern machte man Eier in Sole ein, aus gehobeltem Blaukraut und Weißkraut in großen Bottichen wurde mit Lorbeerblättern, Zwiebeln, Salz, ein bisschen Zucker, gestoßenen Wacholderbeeren und Kümmel und geschnittenen Äpfeln Sauerkraut gemacht, wunderbar zu Schweinebraten mit böhmischen Knödel und wichtige Vitamin-C-Spender.

Am Bauernhof meiner Wilke-Oma wurden einmal im Monat Brotlaibe nach einem Geheimrezept im großen Backofen mit Sauerteig angesetzt gebacken, sodaß sie sich in der Kühle und Feuchtigkeit der „Speis" lange genug hielten. Dazu musste der Ofen schon vorher mit Holz auf die nötige Hitze gebracht werden. Waren alle Brote fertig und der Ofen dadurch etwas ausgekühlt, kam der Hefekuchen mit Obst und Streusel hinein. Und alles schmeckte wunderbar.

Aus Ziegen- und Schweinefleisch machte man durch Räuchern Salami, aber natürlich auch Schinken. Sülze, Leberwurst und Blutwurst kam in Einmachgläser.

Natürlich wurden auch Kartoffeln im Keller, Möhren, Sellerie und Petersilie in leicht feuchtem Elbesand eingelagert. Kürbisse und kleine Pilze wurden in 10-Liter-Gläsern sauer eingemacht.

Für Kompott wurden rohe und eingemachte Früchte verwendet. Pilze und Früchte wurden nach dem Trocknen in Säckchen an Leinen aufgehängt. Das Obst wurde auch in Dörrhäuschen bei einer ganz bestimmten Temperatur, die nur Großvater kannte, auf Drahtgittern übereinander gedörrt. So wurden Pflaumen, in Ringe geschnittene Äpfel, Aprikosen und kleine Birnen haltbar gemacht.

Auf dem Dachboden gab es verschiedene Räume mit Mohn, Getreide, und Walnüsse wurden ohne Schale und ohne braune Haut gelagert. Getrocknet kamen sie in Säckchen, die an den Dachsparren gehängt wurden.

Wurde auf dem Struppehof geschlachtet, kam sogar Schwiegersohn Manni mit aufs Land. Bei den Schweinen musste das herausfließende Blut ständig gerührt werden, damit es nicht gerann, Trull machte das ohne Bedenken. In einem großen Kessel wurde Suppe gekocht und darin wurden Würste gesiedet. Geplatzte Würstchen verbesserten natürlich den Geschmack, und heimlich wurde von uns auch ein bisschen nachgeholfen. Dann hieß es: „Es sind wieder mal so viele Würste geplatzt!" Der Geschmack war köstlich!

Aber man dachte auch an die anderen im Dorf, denn es war üblich, daß man so viele Würste hatte, daß man in jedes Haus in der Nachbarschaft eine Milchkanne voll Suppe mit einer Wurst darin bringen konnte.

Für später wurde das Fleisch „vergossen", das heißt in Steingut-Bottiche gefüllt und mit kochendem Fett luftdicht abgeschlossen. Dann kam es „ins Gewölbe", und man konnte von Mal zu Mal wieder „ins Gewölbe" gehen und etwas holen.

Ein besonderes Rezept der Struppefamilie war, daß das Griebenschmalz aus geselchtem Bauchfleisch gemacht wurde, erst dann wurde es in Würfel geschnitten, ausgelassen und mit Äpfeln, Zwiebeln, gestoßenen Wacholderbeeren und Kümmel, was man ins kochende Fett, aber weg vom Herd gab. Mit Gewürzen verfeinert und in kleine Tonschüsseln abgefüllt, wurde alles im Gewölbe gelagert.
Das, auf frisches Brot gestrichen, war eine Spezialität, die es nur bei Struppe und Wilke gab und die besonders der Kneippverein zu schätzen wusste. Beim Kaufmann gab es ja damals nur die Grundnahrungsmittel und Gewürze!

Zu Weihnachten hatte man immer ein ganz besonderes Festmahl. Vor der Christmette gab es Neunerlei: Fischsuppe, gebackenen Fisch, Kartoffelsalat mit selbstgemachter Majonäse, gekochte Eier, saure Gurken, einen Apfel und gedünstete Möhren sowie Sellerie, Senf, dann Mohnmilch mit Vanillezucker, Nussnudeln, das sind breite Nudeln in Milch gekocht und mit viel geriebenen und gerösteten

Welschnüssen[47], Butter und Zimt gemischt! Kein Fleisch, da noch Fastenzeit herrscht. Natürlich bekam man davon nur kleine Happen. Der sechste Gang war Kompott aus Quitten, Äpfeln und Nelken, danach Wiener Apfelstrudel, auch mit Zimt, Nelken, gerösteten Welschnüssen, Butter innen und außen durfte nicht fehlen. Der achte Gang war ein Stück Striezel, und dann wurden noch Mandelbögen probiert.

Zur Mette um halb elf hatten wir eine halbe Stunde Weg, in sternklaren kalten Nächten ein herrlicher Weg mit Schlitten oder Skiern.

In der Kirche stand ein großer Weihnachtsbaum mit Kerzen, vorne stand eine eine große Krippe, überall im Raum brannten weitere Kerzen. Nach der Mette wünschte man sich gegenseitig Frohe Weihnachten und ging nach Hause.

Die Tür zum Wohnzimmer wurde geöffnet, und die Spieluhr unter dem sich drehenden Weihnachtsbaum spielte leise. Es wurden noch drei Strophen

---

47 Walnüsse.

gesungen. Dann endlich kam die lange erwartete Bescherung.

An all das erinnerten wir uns gerne wieder, und gerne würde man die inzwischen Verstorbenen noch dies und das aus der alten Zeit fragen!

Mehl bekamen wir von den Großeltern Wilke, die selbst eine Mühle hatten. Der Wilkehof war der größte im Ort. Betrat man den Flur, so lag links die Wohnstube, geradeaus die Küche und das Gewölbe mit der Zentrifuge, ein Kühlraum, direkt in den Berg gebaut, und ein Backofen. Wurde die Sahne dick, probierte man doch zu gerne mal. Dann hieß es wieder: „Da missen Meis san!" (Da müssen Mäuse sein). Dabei und beim Bäumeklettern war ich meistens der Anführer.
Die Butter zum Verkauf lagerte ein paar Stufen tiefer in einem Wasserreservoir mit Fließwasser auf frisch geschrubbten dicken Holzbrettern.

Vom Flur aus rechts betrat man einen Raum mit Truhen für geschrotete Getreidesorten für die Schweine. Es wurde in heißem Wasser schaumig gerührt und den Schweinen zugefüttert. Dort lagerte auch das Körnerfutter für die Hühner. Mein Vater holte die Eier zum Brüten, die damals alle befruchtet waren, eigens aus der Steiermark. Sie wurden dann den Hühnern untergelegt, die brüten wollten. Die Hühner waren braun, der Gockel hatte schöne bunte Federn, und liefen auf dem Hof frei herum, nachts saßen sie in einem Raum auf Stangen. Eine Klappe schützte sie vor dem Fuchs, morgens wurde sie wieder geöffnet.

Abseits vom Wohnhaus lag das Schippl. Ich erinnere mich mit Freude daran, daß ich bei Onkel Franz in seiner Holzwerkstatt im Schippl[48] zusehen und mithelfen konnte. Vor allem wurden Geräte repariert, z. B. bekamen die Heurechen neue Zinken, Stühle wurden ausgebessert, Werkzeuge geschliffen, ich bekam sogar eine kleine

---

48 Werkstattgebäude (Schuppen) abseits des Hauses im 1. Stock.

Windmühle, die wir zusammen bauten. Unten war eine Feuerstelle mit verschiedenen Kesseln, um in einem Kartoffeln, im anderen die Wäsche zu kochen. Der dritte Kessel diente beim Schweineschlachten zum Kochen von Wurstsuppen mit Würsten und Fleisch, der Rest wurde eingelegt oder gepökelt und zu Rauchfleisch geselcht[49].
Auch waren Fenster im Raum zum Lüften. Gewaschen wurde draußen im Wäschetrog mit Rumpel oder Bürsten, es gab fließendes Wasser aus einem Reservoir, mit einem Motor hochgepumpt, das in die Waschküche und in den Kuhstall geleitet wurde. Denn der Wilkehof war nicht nur der größte, sondern auch der modernste aller Höfe im Ort. Sie hatten einen Knecht, eine ständige Hilfe und zu Erntezeiten Tagelöhner.

---

49 Geräuchert.

Heimatbesuche

Seit 2004 wird wieder das Kulmer Fest gefeiert und damit eine alte Tradition fortgesetzt.
Aber auch schon vor der Wende hatte ich die Heimat wieder besucht.

Unser ehemaliges Wohnhaus

Eine zugezogene Tschechin hatte einen Ortstschechen geheiratet, nämlich den Sohn des Mannes, der unser Haus damals an sich genommen hatte, mit der Bemerkung zu meiner Mutter: „Ich werde gut auf euer Haus aufpassen, bis ihr in zehn bis zwölf Jahren wiederkommt". – Wie naiv von uns allen! Denn auch mein Vater hatte so gedacht, als er die Schätze des Hauses im Januar 1945 vergrub. Ich hatte ihm dabei geholfen, meine Mutter hatte allerdings zu viel Angst dazu gehabt.
Als ich das zweite Mal in der Heimat war, besuchte ich mit einer Schulfreundin besagte Familie in unserem Haus. Meine Freundin ist eine von denen,

die dableiben mussten, und spricht sehr gutes Tschechisch, doch mit deutlichem deutschen Klang. Das Ehepaar bat uns auf einen Kaffee herein, allerdings hatte meine Freundin vorab angefragt und zur Antwort bekommen, man würde sich gerne mit mir unterhalten. Mir war etwas mulmig zu Mute.

Vorhaltungen machte ich diesen Leuten natürlich nicht, denn was hätte das gebracht? Der Rudo war 1945 vier Jahre alt und mein Bruder war von ihnen öfter zum Essen eingeladen worden – wer mein Buch über die Kindheit kennt, weiß davon.
Zu mir sagte Rudo auf Deutsch: „Kannst du deutsch sprechen, ich verstehe alles, doch reden kann ich nicht mehr deutsch."
Wir wurden sehr freundlich empfangen und gefragt, ob ich das Haus nicht für 15.000 DM zurückkaufen wolle. Die Familie würde dann sofort ausziehen...

Diese neue Besitzerin des Hauses brachte mir beim Abschied eine mir sehr bekannte Saucier[50] mit den

---
50 So sagt man in der Heimat für Sauciere.

Worten: „Hier hast du eine Erinnerung, deine Mutter hat sie bestimmt oft in der Hand gehabt."

Mir kam es allerdings so vor, als wollte sie damit sagen: Wir haben alles gefunden, das Tafelservice und auch das Tafelsilber.

Wenn ich wiederkomme, werde ich mir ein Herz fassen und nach der Muttergottes und dem Hl. Joseph fragen, die wir auch mit der Kiste vergraben hatten. Ich bin neugierig, was damit geschah. Dann merken sie auch, dass ich mir sicher bin, daß sie alles gefunden haben.

Ihre Schwiegereltern haben mit Sicherheit alles ausgegraben. Ob sie gläubig waren, ist mir nicht bekannt. Meine Mama hatte mir das Versprechen abgenommen, erst nach ihrem Tod in die Heimat zu fahren, und daran hielt ich mich. Sie hatte bis zu ihrem Tod den Traum, wenn wir wieder nach Hause kommen, die Schutzheiligen in unserem Garten aufzustellen. Gut, daß sie nicht mehr erfahren hat, daß man die Schätze gefunden hat!

Erinnerungen an eine Fahrt nach Gartitz
am Sonntag, dem 24. April 2005

Von Tellnitz über die Post, wo Nittel Mimi und Dörfel Mariechen zu Hause sind, Gasthaus Röderviertel, dann rechts der Tannich, und schon geht's rechts weiter nach Zuckmantel – da fällt Baume Franz aus Gartitz ein: die Brücke wurde schon vor dem Einmarsch der Deutschen 1938 unterminiert, und es wurden Sprengkammern eingebaut, Tag und Nacht war ein tschechischer Wachmann da, doch gesprengt wurde sie dann doch nicht.
Wir überqueren die Autobahn, die noch im Bau ist, dann geht es weiter über Postitz, und schon sind wir in Gartitz, wir halten bei den Schänzen, die Straße und die Häuser sind in sehr gutem Zustand, doch als die beiden Baumes ihr Wohnhaus fotografieren, lässt man zwei bissige Hunde raus, so daß man gerne wieder geht.

Die beiden Kirchendiener Hedl (geb. Ibichy) und Willi Langenberger haben organisiert, daß wir die Schlüssel über Frau Nowak bekommen. Der Pfarrer selbst ist in Seesitz, Messe halten. Von dem guten Zustand der Kirche sind wir überrascht, doch außen sind schon wieder Risse. Wir halten auf dem Dorfplatz am Kriegerdenkmal, das verwahrlost und entwürdigt ist.

Wir haben herrlichen Sonnenschein und gute weite Sicht in unserer alten Heimat, der Aufstieg zur Kirche fällt manchem von uns sehr schwer, ich wusste gar nicht mehr, daß der so steil ist...

Eine halbe Stunde verbringt jeder mit seinen Erinnerungen, dann betet Franz Baume vor, und Frau Nowak stimmt noch „Großer Gott..." an, wir bewundern auch noch die Gedenktafel auf Deutsch für Pfarrer Goldammer, der so viel für die Deutschen getan hat und dann seine Warnung bekam kurz vor seiner Verhaftung. Er fasste in Karlsfeld Fuß und baute mit eigener Hand und viel Hilfe von Landsleuten die Kirche...

Hedl und Willi machen wir Geschenke, denn sie waren und sind nicht nur Anlaufstelle der Gartitzer, sondern auch der Aussiger und der Umgebung, sie sollen hier einmal gewürdigt werden.

Für manche von uns ist es der erste und vielleicht auch der letzte Besuch im schönen GARTITZER KIRCHLEIN.
Hat sich alles mit uns Zeitzeugen erledigt? – nein, auch 2012 geht es weiter...

Ein unvergessliches Original aus Gartitz

Hedl Ibichy starb in Gartitz 2008. Sie war die einzige Tochter des Kirchenpflegers in Gartitz.
Bei ihr wurde von Jugend an Musik gemacht, sie selbst spielte Gitarre und ihr zukünftiger Gatte Willi Langenberger Ziehharmonika.
Schon in ihrer Jugend war sie sehr originell – ich mochte sie narrisch gern. Immer war sie herzerfrischend, bei allen bösen und schlechten Leuten fand sie stets auch gute Seiten.
Sie war auch eine begnadete Sängerin, und das ohne alle Ausbildung. Unsere Mundart hat sie bis zum Tode bewahrt.
Sie lebte mitten unter Tschechen und konnte die Sprache auch perfekt, davon gab es nur wenige. Dem Pfarrer hatten sie es zu danken, daß sie bleiben durften.
Kurz vor Hedls Tod verstarb auch der tschechische Pfarrer, er war wohl über 90 Jahre alt.
Kirchenpfleger waren sie mit ganzer Seele. Die Tschechen im Dorf tolerierten das deutsche Ehepaar und legten ihnen keine Steine in den Weg.

Ein typischer Ausspruch von Hedl war: „Legt ug nischt uf de Guldwaage!"

Sie vermittelte für viele von uns die Adressen von den für uns „verschollenen" Deutschen.

Später, als Besuche in die alte Heimat erlaubt waren, war sie auch Bindeglied und Anlaufstelle für viele aus dem Kreis Aussig. Jederzeit konnten Landsleute in ihrem kleinen Häuschen in den beiden oberen Kammern übernachten. Alles war peinlich sauber, obwohl sie sich in der Waschküche wuschen und nur Ofenheizung hatten.

Sie waren die zufriedensten Menschen, die ich je gekannt habe.

Jeden empfingen sie mit großem Hallo und ehrlicher Freude, und Hedl wusste auf Anhieb eine passende Gegebenheit aus der alten Zeit.

Dann gingen wir immer in die Gartitzer Kirche, sie war immer sauber und mit Blumen und Kerzen geschmückt.

Sie teilte auch das letzte Stück Brot mit jedem Besuch. Wenn ich sie darauf ansprach, hatte sie

immer einen ihrer Sprüche: „Da Harr gibt und nimmt, mir sein immer noch satt geworden."
Sie hatte auch einen Garten mit Gänsen und Hühnern.

Für manchen hatten sie auch etwas Passendes zu verschenken. Als es uns dann besser ging, bekamen sie alles hundertfach zurück, sei es als Geld, Delikatessen oder Kleidung. Denn jeder kam mit einem Gastgeschenk. Sie hatten die Gabe, sich über selbst das kleinste Mitbringsel zu freuen.

Mir gab sie eine wunderschöne Porzellan-Brotdose aus Nordböhmen mit, ich habe sie ins Museum gebracht.
Ein anderes Mal zog Hedl eine Tischdecke aus ihrem Schrank hervor, natürlich sauber gestärkt, und überreichte sie mir mit den Worten: „Die is noch vun deina Wilke-Grußmutter, hot sie mir zur Huxt geschankt. Was soll ich damit – Kinder hab ich keene, und du hast e scheenes Ondenken."
Sie hat recht behalten, natürlich ist das meine „Paradetischdecke". Ich ließ mich auch nicht lum-

pen und gab ihr hundert Mark. Sie protestierte heftig, so sagte ich „Nimm halt den Rest, wenn du es nicht brauchen kannst, für die „Kerche".

Ich war mit der Tellnitzer Gruppe im Bus bei Hedl, wir gingen nur zu sechst, denn sie war „nimme bei Kreften", das war im April 2008. Sie freute sich trotzdem sehr, daß wir noch bei ihr vorbeikamen. Baume Franz, ein alter Gartitzer, hatte eine „kleene Hucke für die Langenbergers und Hanl Ria. Meine alte Schulfreundin aus der Volksschule in Kulm, die jetzt im Aussiger Ortsteil Lerchfeld wohnt, besuchte Hedl fast jeden Monat, denn der Bus kostet für Rentner nix.

„Es werd wol nisc800t me waarn mit mir" war ihr letzter Ausspruch, als wir gingen, und so war es auch. Sie wurde immer weniger, wie uns Ria berichtete, und 2008 holte sie „der Herrgott hem". Wie sie selbst immer sagte: „Die is zu unsan Himmelvodda gang." Sie „tet alles für Gots Lohn" und ein letzter Ausspruch von Hedl: „Lass dir grüß'n von Koppe bis zu den Füß'n!"

Stadtansicht Gartitz

An das Gartitzer Kirchlein!

Glockentöne, hehr und laut,
künden, daß es Sonntag graut.
Erinnerung mit bittrem Schmerz –
Heimweh erfüllt mein ganzes trauriges Herz.
Trautes Kirchlein auf stolzer Höh,
verlassen spähst du in tiefen Weh.
Gott gebe, daß ich wieder hören mag,
der Heimatglocken lieben Schlag!

vom
Pieschel Kurt

Tellnitz – Arbesau – Schöbritz

De neie Bohne

Dar nein Bohne, die se do
Noch Tellnitz honn gebaut,
Dar ho ich, wie so ufte schun
Mich Sunntich onvertraut.

Wenn ich noch sell't ze Fusse giehn,
Dos wär mir fein fatal
Doch naus ze fohrn mit dar Bohn
Ist mehr wie ideal.

Vun Aussich bis noch Tellnitz naus
S konn narchens schinner giehn
Wo hollwags die e Wartshaus sieht
Do bleibt se ah schun stiehn.

Ban Kurzweil schon im Pukke och
Do kimmt ihrs Stiehn in Sinn
Und wenn se dann nach Schöwritz kimmt
Do giehts zun Broschn hin.

Dann jechtse üwers Bargl nauf
Wenns noch su schwer zu ziehn
Und bremst dann schun ban Reserwar
Und bleibt beim Meran stiehn.

N Rautenhübl giehts dann nein
Verliert n Otn bald
Drum rucht se sich e bisl aus
Ban Wartshaus Eichenwald.

Doch kimmt se dann nach Orwesau
Do ward die Soche schlimm
Do drickt se sich ban Borian
Su ganz verlegen nimm.

Und uf dr Post do is dann arscht
Dr Dorscht geherich gruss
Und so schwer, wie se dertn fehrt
Su fehrt se narchends lus.

Und wie de altn Deitschn hon
Getrunken meist noch eens
Ban Finzen hält se noch mol on
Denn s langt noch uf e Kleens.

Jo, su ne Bohne lob ich mir
S konn narchens schinner giehn
Wo hollwags die e Warthaus sieht
Do bleibt se a schun stiehn.

Endstation Tellnitz

Arbesau: Ortskern mit Kapelle

Bericht: Tellnitz-Besuch im Jahre 1992

Die Ortsgemeinschaft lud den Herrn Bürgermeister Karl-Hans Eißenberger zu einem spontanen Treffen nach Tellnitz ein. Wir, etwa 50 Personen, fuhren mit dem Bus dorthin. Der Ellinger Bürgermeister und sechs Stadträte kamen mit Privatautos.

Die Gruppe hatte alles gut organisiert. Der damalige tschechische Bürgermeister hatte mit eingeladen und sprach die Begrüßungsworte. Nitsch Hedl übersetzte, als Roland Kroy sprach. Er prangerte die Schlamperei und den Verfall an, was Nitsch Hedl deutlich abmilderte.

Bei seiner Rede zum 20jährigen Patenschaftsfest Ellingen-Tellnitz geht Roland Kroy dann ausführlicher auf den Verfall ein. Das Ledebur-Schloß stand 1964 noch – hier zeigte er ein Bild mit der Grafentochter Maria von Ledebur – 1965 war es schon eine Ruine – wodurch? Wir wollen nicht richten, das machen sicher andere.

Einstimmig wurde festgestellt: auf Besuch kommen wir ja – doch so ist es nicht mehr unsere Heimat. Denn ganz Arbesau, bis auf den Posthübel mit unserem Haus und noch sechs andere Häuser sowie die Denkmäler stehen noch. Doch nur deshalb, weil dort unter dem Hügel keine Kohle ist! Das wußte mein Vater schon, als noch alles intakt war.

Wir konnten unseren lieben Ellinger Freunden nichts anderes bieten als ruinierte Ortschaften.

Heute, 2015, hat man viel verschönert. Und das beste ist: ein Stadtrat, der damals beim Besuch in Tellnitz dabei war, ist heute Erster Bürgermeister von Ellingen – Herr Walter Hasl. Er war so freundlich, mir die Urkunden zuzusenden.

Ernst Riedl, unser geehrter Vorsitzender, starb im Jahr 2013. Fast 20 Jahre lang waren wir zusammen im Vorstand gewesen. Er hinterließ uns viele Erinnerungsfotos von Tellnitz, Kulm, Arbesau, Aussig und Umgebung. Manche Aufnahmen stammen auch aus heutiger Zeit.

2013 waren es 40 Jahre, daß Ellingen unsere Patenstadt ist! Doch leider hat unser Herrgott das große Amen für unseren Ernst Riedl gesetzt!

Der Erste Bürgermeister von Ellingen, Walter Hasl, versicherte mir, daß diese Patenschaft nie erlischt. – Sollte sich ein neuer Stamm aus unseren Nachfahren bilden.

<u>20 Jahre Patenschaft gefeiert</u>
Bunter Abend mit Musik und Gedichten – Geschenk für Bürgermeister

Ellingen (mef) – Ein bunter Heimatabend, eine Schubert-Messe in der St.-Georgs-Kirche und Führungen durch die Stadt standen im Mittelpunkt des 20jährigen Patenschaftsjubiläums Ellingens mit der sudetendeutschen Ortsgemeinschaft Tellnitz.

Roland Kroy, der Organisator des 17. Heimattreffens der Tellnitzer, begrüßte beim Heimatabend im vollbesetzten Ellinger Pfarrheim neben Bürgermeister Karl-Hans Eißenberger und Hausherrn Pfarrer Josef Kreutzer auch viele ehemalige Bewohner der Ortsgemeinschaft Tellnitz im Kreis Aussig an der Elbe (Sudetenland).

Die vertriebenen Bewohner der Ortsgemeinschaft, zu der neben Tellnitz auch die ehemaligen Ortschaften Arbesau und Liesdorf gehörten, trafen sich im März 1969 erstmals in Ellingen. Bis 1981 wurden diese Heimattreffen in jährlicher Folge, seither im 2jährigen Turnus durchgeführt. Bereits beim 5. Treffen im Jahre 1973 übernahm die Stadt Ellingen mit dem damaligen Bürgermeister Franz Grüll an der Spitze die Patenschaft über die Ortsgemeinschaft Tellnitz.

Kroy nannte noch einige Daten aus der Geschichte von Tellnitz, um den anwesenden Gästen nähere Informationen über die ehemalige Heimat zu geben. So hatte die Ortsgemeinschaft im Jahre 1939 rund 1.250 Einwohner und war bereits seit der Jahrhundertwende ein Ort der Sommerfrische und des

Wintersports. Seit 1870 hatte Tellnitz eine Bahnstation und 1912 wurde ein Straßenbahnanschluß nach Aussig errichtet.

Nach der Wiedervereinigung Deutschlands und der Vereinfachung des Grenzverkehrs führte man im vergangenen Jahr eine gemeinsame Reise nach Tellnitz durch. Das Erlebnis war für viele bedrückend. Viele Gebäude sind abgerissen, verfallen oder zerstört und die Ortschaft Arbesau ist fast gänzlich dem Braunkohletagebau zum Opfer gefallen. Die dortige Dorfkapelle wird jedoch von Hedl Nitsch, die noch in Tellnitz wohnt, betreut und gepflegt.

Der Besuch, so Roland Kroy, brachte die meisten zu der Erkenntnis, daß man unter den derzeit dort herrschenden Umständen nicht mehr zurückkehren und dort leben will. Den Vortritt zur Rückkehr in ein fremdgewordenes Land, das die Nachkommen der Vertriebenen größtenteils nur von Bildern und Erzählungen kennen, lasse man gern den „Berufs-Vertriebenen-Politikern" (Kroy).

Als Dank für die damalige Übernahme der Patenschaft überreichte anschließend Ortsbetreuerin

Anni Dorn aus Ottobrunn ein Heimatbuch des Kreises Aussig sowie eine Federzeichnung des Dorfplatzes von Tellnitz an Bürgermeister Karl-Hans Eißenberger.

Dieser betonte in seinem Grußwort die Leistungen der Heimatvertriebenen beim Wiederaufbau nach dem 2. Weltkrieg. Von Ellingen haben auch früher schon Beziehungen nach dem Sudetenland bestanden, da sich auch dort Niederlassungen des Deutschen Ordens befanden. Europa werde in Zukunft nicht an den heutigen Grenzen enden, auch die Tschechische Republik werde sich weiter öffnen. Dann werde jeder zurückkehren können, aber nur wenige werden es tun, so Eißenberger, weil viele an ihrem neuen Wohnort auch eine neue Heimat gefunden haben.

Auch Pfarrer Josef Kreutzer als Hausherr begrüßte die Gäste. Er hoffte, daß alle gerne an ihre Heimat zurückdenken. Man könne Erinnerungen, auch die schlechten im Zusammenhang mit der Vertreibung, nicht einfach vergessen, aber man könne als Christ vergeben. Im Anschluß an die Grußworte spielte die Deutschordenskapelle das Tellnitzer Heimatlied,

Mariechen Mader aus Erding erzählte über den Besuch in Tellnitz im vergangenen Jahr und als Abschluß des offiziellen Teils trugen Anni Dorn und Mariechen Mader einige Gedichte in heimatlicher Mundart vor.

Aus dem Weißenburger Tagblatt vom 28. April 1993

Erinnerungsurkunde

Im Gedenken an die historischen Bindungen zwischen dem Deutschen Orden und den bömischen Ländern und als Zeichen der Anerkennung für die Verdienste der Mitbürger aus dem Sudetenland hat der Stadtrat Ellingen vor 20 Jahren am 08. April 1973 die Patenschaft über die Ortsgemeinschaft Tellnitz übernommen.

Vor dem Hintergrund der Öffnung der Grenzen und der Demokratisierungsprozesse in den östlichen Nachbarstaaten steht diese Patenschaft vor neuen Herausforderungen. Möge sie diesen Anforderungen ebenso gerecht werden, wie denen in der zurückliegenden Zeit, damit die Verbindung zwischen der Ortsgemeinschaft Tellnitz und der Stadt Ellingen mit Leben erfüllt ist.

Ellingen, den 24. April 1993
Stadt Ellingen

Eißenberger
1. Bürgermeister

Arbesau – von der Landkarte verschwunden
- ein Artikel von Hans Fritsche

Na ja, so ganz stimmt das eigentlich nicht. Noch immer gibt es „VARVAZOV" als Ortsteil von TELNICE. Mein Arbesau aber, bis auf einige Reste, Vergangenheit. Ein kleiner nostalgischer Rückblick sollte erlaubt sein.

Arbesau, am Fuße des Erzgebirges, wurde bereits 1521 urkundlich erwähnt. 1813 – während der heftigen Schlacht – vollständig zerstört. So berichten es die Geschichtsschreiber. Daran erinnern das preußische und das österreichische Monument auf dem sogenannten „Posthübel"!

Erwähnenswert auch, daß Arbesau etwa 300 Jahre lang Poststation an der Straße von Böhmen nach Dresden war. Zeuge ist die „Alte Post" und leider die Ruinen der alten Stallungen.

Jenes Arbesau, das in meiner Erinnerung lebt, war ein Ort, dessen Häuser sich meist rechts und links der Ortsstraßen aufreihten. Unter- und Oberdorf waren Mittelpunkt. Dazu Post, Martinsviertel und Vordertellnitz, eigentlich zu Arbesau gehörend.

Für einen jungen, natürlich auch älteren Menschen einfach herrlich: Ob Sommer oder Winter, die Gegend lud geradezu ein, die Natur zu genießen. Baden in den Teichen im Sommer, Skilaufen und Eislaufen im Winter. Dafür muß man heute meist viel Geld ausgeben. Jahrelang, wenn ich mich mit Heimatfreunden traf, wurde ich immer wieder gefragt: „Worst schunn drinne?" Ich war nicht. Durch meinen unfreiwilligen Aufenthalt in Sibirien bis 1948, blieb mir die Vertreibung mit all ihren Schrecken erspart. Was ich nach meiner Rückkehr in mein neues Zuhause dann erfuhr, veranlasste mich zu meiner Entscheidung: „Zu denen nie mehr!" Aber 1991 – immerhin 47 Jahre fern der Heimat – war das Verlangen groß, also fuhr ich doch.

Beim ersten Anblick war die Enttäuschung riesengroß! Wo einst Freunde und Nachbarn lebten, waren Halden. Wo ich einst wohnte, Wasser in Tagebaugruben. Das einst blühende Land, woran wir uns einst erfreuten – war das noch meine Heimat?

Der Braunkohlenabbau hat das Land gefressen, im wahrsten Sinn des Wortes. Ich war in den letzten Jahren schon mehrmals „drinne", aber immer wieder kehre ich mit zwiespältigen Gefühlen zurück. Trotz allem – es bleibt Arbesau und meine Heimat. Das hat mich im Jahre 2000 veranlasst, das folgende Gedicht zu schreiben, eine Liebeserklärung an mein ARBESAU...

<u>Mein Arbesau</u>

Arbesau, wos worste su scheen,
domols hot mans halt ni su gesehn.
Ruhig wors zu der Zeit,
nit su biese worn die Leit.
Und Blümel Franz selig, der wusste sugor,
dos Arbesau früher eene „Arbsen-Au" wor.
Die Elektrische hot gequietscht,
is se um de Drehe gefohrn,
der Kohlnwogn hot e poor Kohlen verlorn.
Hoste obends beim Knothe im Gorten gesessen,
zum Teich nüber geguckt, is ni zu vergessen.
Gehult hoste beim Rappat de Semmeln,
beim Schlaatner de Worscht,
beim Borjan im Gosthaus des Bier fiern Dorscht.

Zum Boden in Schochtteich,
wenn de Hitze wor gruß,
nauff off de Pust, natierlich zu Fuß.
Mer konns ni vergassen, wie scheens domos wor,
is halt lang schon vorbei, mehr als 60 Johr!
Die Erinnerung bleibt, ich wess es genau –
ich vergass dich ni – mein Arbesau!

Hans Fritsche, Dreieich

Poststation Arbesau, 1857

Denkmäler bei Arbesau

Straßenbahnhaltestelle „Zur Post"

*Hof in Arbesau mit meinen Eltern,
meinen Geschwistern und mir*

Ortsplan von Arbesau, Kreis Aussig

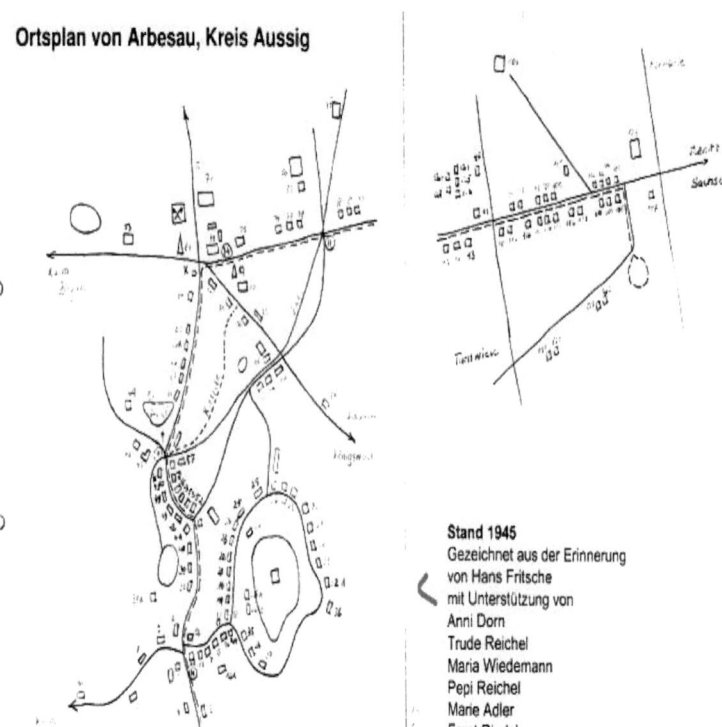

Stand 1945
Gezeichnet aus der Erinnerung
von Hans Fritsche
mit Unterstützung von
Anni Dorn
Trude Reichel
Maria Wiedemann
Pepi Reichel
Marie Adler
Ernst Riedel
Mimi Nittel-Krombholz
Maria Mader

Die Vertreibung aus Arbesau

Die Vertreibung setzte bereits 1945 ein. Zunächst wurde am 20. Mai 1945 eine Reihe von Männern verhaftet, die in die Festung Theresienstadt eingeliefert wurden. Im Sommer 1945 wurden nochmals 45 Männer und Frauen aus Arbesau abgeführt und in das tschechische Konzentrationslager Lerchenfeld gesteckt. Die zurückgebliebene Bevölkerung musste nun in beständiger Angst eine Reihe von Ausweisungen über sich ergehen lassen, achtzehn Monate hindurch. 1946 wurden neun Familien in die Gegend von Raudnitz und Laun, also in tschechisches Gebiet gebracht, wo sie in der Landwirtschaft eingesetzt wurden, und Ende des Jahres 1946 war Arbesau so gut wie geräumt.

Die Mehrzahl der Arbesauer lebt heute in Mitteldeutschland, obwohl ein großer Teil aus der Sowjetzone ins Bundesgebiet abgewandert ist. Zwischen den einzelnen Familien, die zumeist voneinander getrennt ein Unterkommen fanden, besteht nur noch zum Teil ein Gedankenaustausch durch beständigen Briefverkehr. Viele Familien aus Arbesau aber sind unbekannten Aufenthaltes.

Die Verbindung zu ihnen ist bereits abgebrochen, ohne ihre Schuld.

Meine Busenfreundin aus Kindertagen
Meiner Busenfreundin aus Kindertagen möchte ich ein extra Kapitel widmen. Hilde lernte ich mit 4 Jahren kennen. Sie wohnte ziemlich am Ortsausgang, gleichzeitig am Waldrand. Hildes Vater war Fabrikarbeiter in der Porzellanfabrik, doch er wurde entlassen, weil er Deutscher war. Die Familie Knothe lebte mehr schlecht als recht, ihr Grund war bestimmt nicht größer als vielleicht 600 Quadratmeter. Vorne war ein wunderschöner Blumengarten, im hinteren Teil bauten sie Kartoffeln und Gemüse an. Sie hatten nur Hasen und Hühner. Im Sommer bin ich einmal ins Haus gekommen, ich staunte leise vor mich hin: es war nur Lehmboden.

Sie hatten ihn mit verschiedenen Fleckerlteppichen abgedeckt, darauf ein Tisch, einfache Stühle und eine Kredenz, alles blitzsauber.

Später frug ich dann meine Mama: „Warum?". Sie erklärte mir, daß die Leute schon alt waren. Und der Vater auch noch schwerbehindert, warum wußte sie auch nicht. Nur, daß sich diese Leute mit der Herstellung künstlicher Blumen ihren Lebensunterhalt verdienten. Sie marschierten einmal die Woche mit ihrem Handwägelchen nach Königswald (anderthalb Stunden). Dort lieferten sie die fertigen Blumen ab und holten wieder Papier und Wachs. Die beiden arbeiteten den ganzen Tag an ihrem Unterhalt. Samstags gingen sie mit ihrem Wagerl in den Wald, um Zapfen und dürres Holz zu sammeln. Nebenbei sammelte Frau Knothe Kräuter, denn Milch oder Salzheringe gab es nur an Festtagen.

Von meiner Mutter bekamen sie bestimmt wenn Schwein geschlachtet wurde im Dezember Wurstsuppe mit ein oder zwei Würstl drin. Das gab man auch den umliegenden Nachbarn. Wenn andere schlachteten, bekam man selbst etwas. Es waren aber nur drei Familien, die schlachteten, und weit mehr ärmere bekamen Wurstsuppe, etwa acht Familien. Mama schaute da genau hin, wer wirklich arm war. – Hilde blieb gleich nach dem Kindergarten oder der Schule bei uns, und irgend etwas gab Mama ihr immer noch mit nach Hause. Der

Wahlspruch lautete: „Geben ist seliger denn nehmen". Doch zum Schlafen ging Hilde immer nach Hause.

Auch wenn wir zu den Großeltern nach Kamitz gingen – wir hatten für den Weg von etwa einer Stunde einen Kinder- oder Handwagen mit – war Hilde immer mit dabei. Natürlich halfen wir, als wir etwas größer waren irgendwas mit. Anschließend durften wir streunen. Bei schönem Wetter draußen und bei schlechtem Wetter auf dem Dachboden mit den für mich ungeahnten Schätzen.

Bei den Großeltern waren auch die uralten, handbemalten Schränke und Truhen. In den alten Bettgestellen schlief das Gesinde. Und ich bettelte als Kind schon, daß ich diese Möbel als Heiratsgut wollte. Die Erwachsenen lachten mich aus: „Das ist doch nicht modern!". Schade, wie so vieles ging auch dieses Gebäude später in Flammen auf. Denn die neuen Herren, die Tschechen, holten die nicht seßhaften Leute, diese wiederum zündeten mitten in der Stube ein Feuer an, denn Kachelöfen oder Herde kannten sie nicht. Ich halte allerdings auch eine andere Version für möglich: von den Tschechen angestiftet, fackelten sie mutwillig ein Bauernhaus nach dem anderen ab. Bei meinen späteren Besuchen in der alten Heimat habe ich durchaus noch Deutsche angetroffen, die meine Meinung bestätigten.

Doch jetzt bin ich von Hilde ganz abgeschweift. Der Einmarsch 1939 bedeutete für so arme Leute einen Segen. Denn jetzt bekamen sie ordentliche Arbeit. Der Vater durfte wieder in die Fabrik.

Knothes Haus war ein Holzhaus (das war später schnell abgefackelt). Hilde ging dann in Aussig in die Bürgerschule und ich in die Oberschule, wir waren nicht mehr so viel zusammen. Doch samstags und sonntags schon, denn Hilde hatte bei uns eine zweite Heimat. Und als nach 1945 meine Eltern von den Tschechen verhaftet waren, war Hilde wieder jeden Tag bei uns, denn Schule war für Deutsche gestrichen.

Sie berichtete mir, als wir uns wiederfanden, daß sie mit ihren Eltern an der Ostsee gelandet war. Später, 1992, habe ich sie dort besucht. Und sie erzählte mir, daß mein Vater vor der Verhaftung zu ihr gesagt habe: „Paß gut auf Mariechen auf, denn sie ist ja oft so wild!". Ich hatte immer irgendwo meine Schutzengel, wenn der Gaul mit mir mal wieder durchging. Ich bin einfach ein Wahrheitsfanatiker, auch wenn ich mir dabei manchmal selbst schade.

Hilde ruht jetzt schon lange in fremder Erde. Sie ist dort oben nie ganz heimisch geworden. Sie war jahrelang schwer krank. Die eigentliche Ursache konnte man nie finden. Obwohl sie einen ganz lieben Mann hatte, klagte sie bei jeder Gelegenheit über den Verlust ihrer Heimat. Ich denke, es war deshalb so schlimm, weil es ihr in ihrer Kleinkinderzeit so dreckig ging – und dann, als es der Familie endlich gut ging, wurde sie erneut in totale Armut gestürzt. Auch den Glauben an die Kirche hatte sie verloren. Warum finden manche Leute nie mehr aus dem Jammertal – und andere packen es doch noch? Es gibt viel Ungelöstes und Ungereimtes auf dieser Welt.

Noch ein Nachsatz zu Hilde: sie hat es beruflich bis zur Inspektorin bei der staatlichen Versicherung gebracht. Dort hat sie viel geleistet. Auch hatte sie einen riesigen, herrlich gepflegten Garten. Doch das alles war nichts gegen ihr Heimweh. Ich glaube heute: das war ihre Krankheit.

Hilde   Ich

Wir hatten wenig Geld – doch die Fotos in Aussig beim Fotografen leisteten wir uns, zum Abschied. Mit den Frisuren und den Schals auf dem Kopf imitierten wir die damalige Mode. Wir wollten erwachsen wirken mit unseren 14 Jahren. Schließlich gingen wir schon selbständig durchs Leben – in Wirklichkeit waren wir aber doch noch Kinder.

Als die Fotos entstanden, versicherten wir einander, daß wir uns so bald wie möglich irgendwo wieder treffen wollten. Doch daraus sollte nichts werden...

Schöbritz

Erinnern möchte ich an dieser Stelle an Josef Wallner, und ich möchte auch seiner Frau Anneliese gedenken. Sie haben die Schöbritzer Treffen in Neualbenreuth über Jahrzehnte organisiert und begleitet. Von dort haben wir zahllose Ausflüge in die alte Heimat durchgeführt.

vorerst letztes Schöbritzer Treffen, 2013

Liebes Mariechen,
auch Dir möchte ich ein Gruppenbild von unserem letzten Schöbritzer-Treffen schicken. Schließlich warst Du ja schon seit Jahren immer dabei. Ich lege auch eine Geburtstagsliste mit dazu. Vielleicht trägt sie dazu bei, dass der Kontakt untereinander nicht ganz abreißt.
Wir sind am Donnerstag gut nach Hause gekommen. Staus oder Unfälle gab es nicht, so dass wir flott voran kamen.
Wie war Eure Fahrt nach Schöbritz? Wir hoffen, Ihr hattet keine Probleme und seid wohlbehalten wieder in Neualbenreuth gelandet?

Nun mach's gut und weiterhin gute Besserung. Du darfst nicht ungeduldig werden! Es braucht seine Zeit, aber es wird sicher alles wieder gut.
Es grüßen Dich herzlich
Rose + Hans

Unterwegs in der Welt
2008 und 2010

Aber nicht nur die Heimat war mir wichtig. Auch in der Welt war ich unterwegs, wie in Rom 2008 mit Gertraud Schachtner von der Behinderten- und Versehrtensportgruppe Erding. Eine anstrengende und schöne Reise, bei der wir eine deutsche Messe im Vatikan besuchten – den Papst haben wir leider nicht gesehen.
Rom ist eine Stadt, die für Behinderte nicht leicht zu begehen ist (das viele Kopfsteinpflaster).

Zwei Jahre später war ich in Island mit Renate Speer aus Hörlkofen und ihrer großen Gruppe. Ich war die Älteste. Aber jeder hat mir geholfen, ich war gut aufgehoben, nie allein. Jederzeit würde ich wieder dorthin fahren, die ganze Insel... und ihre Menschen naturverbunden, wie ich es noch nie erlebt habe.

Die Dörfel-Familie

Großes Familientreffen

1937 gab es ein großes Treffen der Dörfelfamilie in der Ottomühle im oberen Bielatal bei Pirna. Der Ort war gut gewählt, denn die Mühle war gleichzeitig ein Gasthaus. Außerdem wohnten auch einige Dörfels in der Nähe (die Dörfels sind ja alle Wandervögel). Hanna, geborene Dörfel, verheiratete Quernér, lebte dort im Bielatal mit ihrem Mann Rudolf und ihren Kindern Gisela und Manfred in einer alten Schule. Sie hatten einen schönen Garten, und auch ein kleiner Stall war dabei.

Das gibt mir die Gelegenheit, einige Mitglieder dieser weitverzweigten Familie näher vorzustellen. Zum Beispiel die fünf Schwestern meines Großvaters Hermann Dörfel, die ich noch alle kennen gelernt habe.

Da wäre zunächst eben jene Hanna, eigentlich Johanna, Dörfel. Sie hatte ihren Oberlehrer Rudolf geheiratet. 1956 siedelte die Familie nach Bad Aibling über. Aus dieser Linie stammen die Enkelin Christiane, geb. Quernér, Bad Aibling, und die beiden Urenkelinnen Sabina und Katherina. Mit ihnen stehe ich noch in Verbindung.

Die Biographien der Schwestern weisen einige Parallelen auf. So heiratete Margarete Dörfel ihren Kunstprofessor, Walter Heinzel. Sie lebten zunächst in Aussig, nach der Vertreibung dann in Kufstein. Auch sie haben zwei Kinder. Meine Verbindung zu diesem Zweig der Familie ist abgerissen.

Gertrud Dörfel dagegen heiratete einen Dirigenten namens Nandor Adler. Er war Jude, und so mußten sie emigrieren. In Shanghai fanden sie Zuflucht. Nach Kriegsende kamen sie nach Kufstein und wurden dort Schloßverwalter. Doch der Mann starb bald, und so blieb Gertrud allein mit ihrer Tochter Christa auf der Burg. Leider habe ich zu ihr keinen Kontakt mehr.

Ebenso erging es mir mit der vierten Schwester, Toni Dörfel und ihrem Ehemann Franz Liebzeit. Sie wurden von Aussig nach Wien vertrieben. Auch zu ihren Kindern, Gertrud und Franz, habe ich keine Verbindung.

Ein typisches Beispiel für die weit verstreuten Dörfels ist die Familie der fünften Schwester meines Großvaters. Berta heiratete Eduard Hegenbart, einen Goldschmied aus Graz. Ihr Sohn Lothar ist leider verstorben. Der zweite Sohn, Horst Hegenbart gründete mit seiner Frau Irene eine Familie. Ihre Kinder, Sebastian und Bärbel, sind nach Amerika ausgewandert. Erfreulicherweise stehen wir trotz der großen räumlichen Entfernung noch immer in Kontakt.

Schon diese eine Geschwisterreihe läßt ahnen, wie viele Menschen zu den Familientreffen aus den verschiedensten Regionen zusammenströmten. Meist kamen sie im Bielatal zusammen, aber man traf sich auch extra bei den einzelnen Familien zu Hause.
Nach der Vertreibung versuchte man, sich bei den Sudetendeutschen Tagen zu sehen. Doch die Dörfels waren zu weit verstreut,

außerdem war das Geld knapp. So konnten viele nicht anreisen, und es gelang zunächst nicht, an die schöne Tradition der Familientreffen anzuknüpfen. Später lud ich oft zu Dörfel-Treffen nach Erding ein. Ich fand immer einen Grund zu feiern. Aber so schön wie in alten Zeiten wurde es leider doch nicht mehr.

1989 brachte ich sie zumindest auf dem Papier alle wieder zusammen: ich stellte den Dörfel-Stammbaum vor. Auch das mußte natürlich gefeiert werden. Ein kleiner Teil unserer Sippe kam zu diesem Anlaß nach Erding, auch Nachkommen mütterlicherseits waren dabei.

Das große Dörfel-Liebzeit-Treffen

So vergnügt ging es zu, wenn mein Großvater seine Kinder mit Ehepartnern und Enkeln traf.

*Auch die Vorstellung des Stammbaums, 1989,
bot Gelegenheit, gemeinsam zu feiern.
Hier Hegenbarts und Quernérs bei mir in Erding.*

1942: Große Ferien bei Tante Hanne

Tante Hanne holte mich ab. Sie nahm den Zug bis Aussig und fuhr dann mit der Elektrischen zu uns nach Tellnitz. Am nächsten Tag reisten wir, Tante Hanne, ich und ein kleines Zicklein – gemeinsam zu ihr ins Bielatal. Für das Zicklein hatten wir einen Buckelkorb mit Heu ausgepolstert. Ich erinnere mich noch an den Elbdampfer, der uns nach Dresden brachte (ich hielt es damals für Pirna).

Ich verbrachte schöne Ferien bei Tante Hanne und ihrem Mann Rudolf. Natürlich mußte ich unbedingt lange dort bleiben, denn das Zicklein brauchte mich ja, um sich einzugewöhnen. Um ehrlich zu sein, ging das allerdings recht schnell, denn es gab schon ein Schaf im Stall, und die beiden mochten sich vom ersten Tag an. Ebenso schnell fand ich selbst Anschluss: nebenan wohnte ein gleichaltriges Mädchen. So wurde mir nie langweilig. Außerdem hatte Onkel Rudolf auch Ferien, wir konnten also viele Ausflüge in die nähere Umgebung machen. Eines Sonntags wanderten wir bis zur Ottomühle – und dort erlebte ich zum ersten Mal eines unserer „Sippentreffen". Denn 1937 hatte ich noch nicht mitkommen dürfen. „Ihr seid zu klein und damit basta!" hieß es damals. Jetzt holte ich das also alles nach.

Noch schöner wurden diese Ferien für mich durch vier hübsche Kleider, die ich von meiner Cousine Gisela bekam.

Tante Hanne, das weitgereiste Zicklein und ich

Das Dörfel-Haus

Bei den Großeltern Dörfel waren wir oft zu Besuch. Ich erinnere mich gut an Omama. Sie machte im Winter extra für mich ein Glas selbst eingeweckte Erdbeeren auf. Im Sommer wuchs genügend im Dörfel-Garten – jetzt dagegen ist alles nur Wiese. Enkel und Kinder kamen immer zum Namenstag (Anna), und sonst besuchten uns Opapa und Omama regelmäßig in Arbesau, zum Beispiel am Sonntagmittag oder, seltener, unter der Woche. Sie hatten ja noch andere Kinder, die man auch gern besuchte. Oder man ging gemeinsam ins Aussiger Stadttheater. Gerne auch ins Café Falk, ich erinnere mich an die Windbeutel und das Eis dort.

Das Postitzer Haus der Großeltern Dörfel

Ende und Neubeginn – Zwei Dokumente

Für unsere Familie waren es wichtige Dokumente, und sie sind es heute noch:

1. Der Entlassungsschein meiner Mama aus dem Lager Lerchenfeld, Kreis Aussig. Im Sommer 1945 wurde sie verhaftet. Die Entlassung erfolgte am 25. Januar 1946. Die Häftlingsnummer meiner Mutter war 2105.

Sie lebte sich langsam wieder ein. Wir hatten im Dachgeschoss unseres Hauses: ein Wohnschlafzimmer, zwei Betten und einen Diwan. Außerdem gab es einen gußeisernen Ofen. Den hatte mein Vater 1944 für eine Familie – eine Mutter mit zwei Töchtern – aus Brieg organisiert. Die drei wohnten bis Kriegsende bei uns. Als der Krieg aus war, marschierten sie mit unserem Handwagen in Richtung Brieg. Es war die Familie Schlenzog. Später, beim Roten Kreuz in Bayern, zog sie Erkundigungen ein. Man hat nie mehr etwas gehört.

Auch Mama übernahm langsam wieder ihre Mutterrolle. Am 20. November 1946 kam auch Vatl nach Hause – für eine Nacht, denn dann erfolgte die Ausweisung.

Im Untergeschoss des Hauses wohnten die neuen Besitzer, Familie Houdek. Sie gingen sehr human mit uns um, sie waren ja Ortstschechen.

2. Die Zuzugsgenehmigung für meinen lieben Großpapa Dörfel sagt alles über die damalige Zeit aus, auch die menschliche Tragödie, die dahinter steht. Meine Großeltern wurden vor uns ausgewiesen, sie gerieten in den letzten Transport in die gefürchtete Ostzone und kamen nach Warin.

Es sprach sich unter den noch nicht Vertriebenen herum, daß die Zone ganz schlecht sei, denn dort hatte der Krieg am Schluß noch gewütet, mit Bomben aus England und, und, und.

Es war ganz natürlich, daß so alte Leute sich nichts dazuverdienen konnten, auch nichts organisieren wie ein junger Mensch, und so ging es meiner Großmutter immer schlechter.

Sie war eine stattliche Frau gewesen. Jetzt, im Zuge der Vertreibung, gab es so wenig zu essen, daß sie auf 44 Kilo abmagerte. Die Trennung von ihrer großen Familie – den acht Kindern, den Schwiegerkindern und den fünf Enkeln – hielt sie nicht aus. Sie nahm sich das Leben.

Genau einen Tag später kam mein Paket an. Ich arbeitete schon beim Stemmerer und hatte Mehl und Butterschmalz geschickt. In ihrem letzten Brief an meine Familie segnete meine Großmutter uns und wünschte uns alles erdenklich Gute. Sie schrieb wörtlich: „Ich bin froh, daß wenigstens Du, liebe Marie, und Hermann, wieder bei Euren Kindern seid".

Ich denke, da wußte sie schon, daß sie so nicht mehr weiterleben wollte.

Der Herr segne dich, liebe Omama.

```
Okresní národní výbor v Ústí n/L.                    Dne  25. ledna 1946
Internační tábor Všebořice.

            Z příkazu vyšetřující komise při  O N V . v Ústí n/L.
propouští se na svobodu  internovaný:  D ö r f e l o v á   Marie
                         internovaná:
nar. 7.3.1905          v   Kamenice-Dělouš., okr. Ústí n.l.
bytem  Varvašov č. 145 , okr. Ústí n.L.
Číslo intern.  2109
                                        Politické oddělení:
                                   Internační tábor ve Všebořicíe
                                        politické oddělení
```

Mit diesem Schein wurde meine Mutter aus dem Lager Lerchenfeld entlassen.

Abschrift.   G 2

Sterbeurkunde

(Standesamt Warin -.-.-.-.-.-.-.-.-.- Nr 23/48)

Die Anna Marie Theresia D ö r f e l, geborene Höhne wohnhaft in Warin, Ernst Thälmannstraße 43 -.-.-.- hat am 9. März 1948 gegen -.-.-.-.- 7 Uhr 0 Minuten in Warin, in dem Stratsfort am Zwinzenberge Selbstmord durch Erhängen verübt.

Die Verstorbene war am 18. März 1873 in Gratschen, Kreis Aussig (Tschechoslowakei) -.-.-.-.-.-.-.-.-
-.-

Die Verstorbene war verheiratet mit dem Oberlehrer im Ruhestand Hermann Dörfel, wohnhaft in Warin.
-.-

Warin, den 20. März 1948

Siegel   Der Standesbeamte
                           Unterschrift

Daß diese Abschrift mit dem Originaltext der Sterbe= urkunde vom Standesamte in Warin vom 20.März 1948 wörtlich übereinstimmt, bestätigt mit Unterschrift und Siegel:

München-68 St.-Josef,
den 29. Dezember 1954.

Die Sterbeurkunde meiner Großmutter

Bayer. Staatsministerium des Innern
Staatssekretariat für das Flüchtlingswesen
Holbeinstraße 11

München, den 9.12. 1948.
Ha/Th.

Aktenz.: Fl. 42/8130, - 124792 124792
(Name)
Gültig für jeglichen Grenzverkehr außerhalb
des Austauschweges Hof-Oelsnitz.

Betrifft: Zuzugsgenehmigung nach Bayern.

Nach Würdigung des vorliegenden Sachverhalts wird auf Grund der Vereinbarungen im Länderrat der US-Zone die

Zuzugsgenehmigung nach Bayern

für

D ö r f e l   Hermann, geb. 15.7.1869

(eine Person)

von Warin   Kreis Wismar   Land Mecklenbg. Zone russ.
nach Unterhausen Kreis Vilsbiburg Reg. Bez. Niederbayer
erteilt. Gem. Ahan

und der anderen Militär-
(Public Safety Officer) des aufnehmenden
zur Gegenzeichnung vorzulegen.

(Ullmann)

Zur Beachtung:
1. Diese Zuzugsgenehmigung verliert nach Ablauf von 3 Monaten nach dem Tage der Ausstellung ihre Gültigkeit.
2. Diese Zuzugsgenehmigung wird nur in begründeten Fällen von den zuständigen Regierungsbeauftragten verlängert.
3. Diese Zuzugsgenehmigung ist sorgfältig aufzubewahren und auf Verlangen der Behörde vorzuzeigen.
4. Es ist strafbar, den Inhalt eigenmächtig zu verändern. Aenderungen dürfen nur von der ausstellenden Behörde vorgenommen werden.

Dieses Dokument erlaubte es meinem Großvater, der inzwischen Witwer geworden war, nach Bayern zu ziehen.

Großvater Dörfels Umzüge

Nach dem Tod seiner Frau kam er zu uns nach Niederbayern. Dort, in Unterhausenthal, lebten wir sehr beengt. Erst ein Jahr später bekamen wir eine 3-Zimmerwohnung in München (Weyprechtstraße 13). Doch Opapa wollte nach Ober-Ramstadt (Kreis Darmstadt), denn dort lebten seine Töchter Berta und Marie. Beide waren schon lange verwitwet. Sie verstanden es jedoch gut für sich selbst zu sorgen: Berta war Handarbeitslehrerin, Marie hatte bis zu ihrer Ausweisung jahrelang das Kohlegeschäft umsichtig und erfolgreich geleitet. Bei ihnen bekam mein Großvater ein eigenes Zimmer – eine große Verbesserung für ihn.

Obwohl die Familie nun über mehrere Bundesländer und sogar Länder verstreut war, bemühten wir uns, einander so oft wie möglich zu sehen. Mit der Bahn konnte man relativ billig reisen – und so bekamen wir schon 1950, zum Sudetentag, Besuch in der Weyprechtstraße.

Opapa (dritter von links) mit seinen Enkeltöchtern und Schwiegerenkeln, aufgenommen 1950 in der Weyprechtstraße in München

Opa Dörfel links neben seinen Töchtern und Sohn Herrmann, aufgenommen 1953 in Graz

Tante My und der Tod meiner Großmutter

Maria Kaupa, geborene Dörfel, war die jüngste Schwester meines Vaters. Über einen Bekannten, einen Tschechen, gelang es ihr, sich freizukaufen. Allerdings kostete es sie fast ihre gesamten Ersparnisse. So kam sie praktisch mittellos nach Ober-Ramstadt (Kreis Darmstadt). Später verschaffte sie Tante Bertl, die in der Nähe von Warin lebte, den Zuzug nach Westen. Und auch ihre Eltern wollte sie zu sich holen. Sie hatte schon alles vorbereitet und sogar eine 3-Zimmer-Wohnung bekommen. Doch es war zu spät. Ihre Mama, meine Dörfel-Oma, hatte ihrem Leben bereits ein Ende gesetzt.
So organisierte dann mein Vater den Zuzug seines Vaters nach Bayern. Nach dem Tod meiner Großmutter stand die ganze Familie unter Schock. Mir selbst sagte man es erst nach einem halben Jahr, nachdem ich zufällig einen Brief von Tante Deli aus Österreich gelesen hatte. Meine Familie hatte mich schonen wollen, denn sie wußten, wie viel mir meine Omama bedeutete. Ich war ihr Liebling – und sie meine Allerliebste. Sie hatte sich so gut um mich gekümmert, als meine Mutter im Lager war, auch im

Haushalt hatte sie mir alles so gut erklärt. Im Stillen habe ich ihr versprochen, alles weiterzugeben, was sie mich gelehrt hat. Ich habe schon vieles hineingeflochten in meine Bücher. Und auch andere aus unserer großen Sippe geben – selbst in dieser manchmal verrückten Zeit heute – die guten Ratschläge unserer Omama weiter.

Aber ich wollte ja von Tante „My" (Marie) erzählen. In meiner Oberschulzeit war ich oft bei ihr zu Hause. Zweimal die Woche ging ich, zusammen mit Hansi Bachmann, auf eine Stunde dorthin, und wir erledigten zusammen mit Tante Mys Sohn Franzi unsere Hausaufgaben. Tante My umsorgte uns gut: wir Kinder und auch das Hausmädl bekamen trotz des Krieges immer eine besondere Speise, zum Beispiel Stuppelfuchs (Reibekuchen) mit Apfelkompott.

Auch später, in Darmstadt, besuchte ich sie oft. Ihren hundertsten Geburtstag konnten wir noch zusammen feiern (eine liebe Freundin aus Erding fuhr mich dorthin).

Nun ist Tante My auch schon 11 Jahre im Himmel, bei all unseren lieben Verstorbenen. Ich möchte ihr gern nacheifern, und bei geistiger Frische auch noch älter werden. Servus, Tante My!

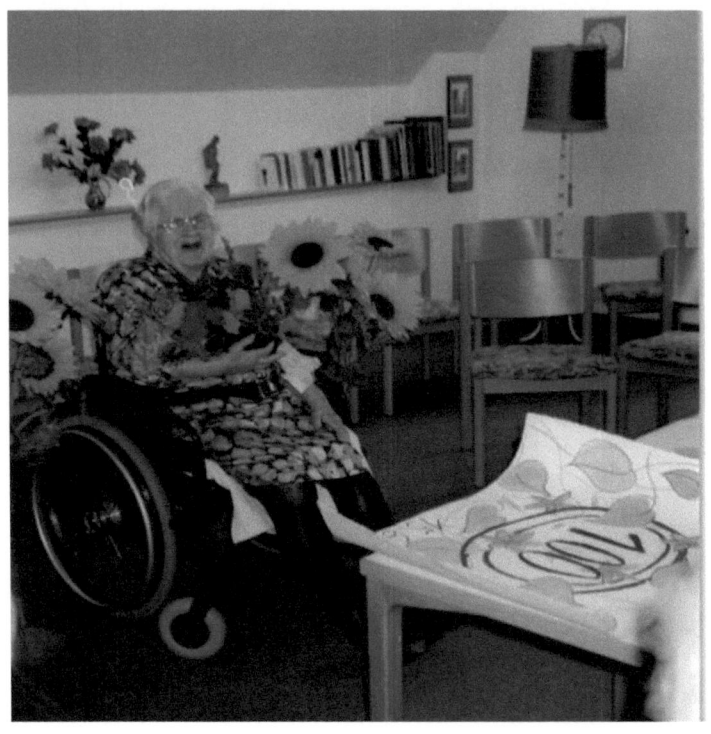

Tante My an ihrem hundertsten Geburtstag

Doch bei all den lieben Menschen, die ich im Laufe der Jahre verloren habe, bin ich umso glücklicher, daß unsere Familie so munter fortbesteht und zusammenhält.

Hier ein Beispiel, stellvertretend für viele andere: Stefan, Detlef, Karin und Flo.

Über meine alte Heimat
Juni 2009

Seit sieben Jahren wird das Kulmer Fest (Chlumec) im größeren Rahmen wieder gefeiert. Inzwischen sind wir schon fast vierzig Leute. Es wird an Peter und Paul, in meiner Taufkirche (St. Gallus) begangen. Wir haben eine Nachfahrin des Antonín Dvořák (seine Enkel-Nichte) dort, die natürlich Organistin ist. Sie hat die Orgel reparieren lassen. Das Orgelspiel war erhebend, man musste nur die Augen schließen, und schon fühlte man sich vierzig Jahre zurückversetzt.

Auch erinnert man sich bei anderer Gelegenheit an die siegreiche Schlacht von Kulm[51] aus der Zeit der Befreiungskriege am 29./30. August 1813 gegen Napoleons Truppen. Damals gehörte unser Gebiet

---

51 In den Napoleonischen Kriegen versuchte hier das französische Heer unter General Dominique Vandamme mit einer Truppenstärke von 30.000 Mann einen Durchbruch von Pirna über Berggießhübel nach Teplitz (Teplice) in Böhmen. Dieser Durchbruch wurde von den russischen, österreichischen und preußischen Truppen durch die Schlacht verhindert.
An der heutigen Europastraße 442 von Tetschen-Bodenbach (Děčín) nach Teplitz (Teplice) befindet sich das Denkmal für diese Schlacht. (Wikipedia)

zu Österreich. Die Niederlage veranlasste Napoleon, nicht nach Prag, sondern nach Leipzig zu marschieren, wo es am 18. Oktober zur Völkerschlacht kam. Auch die Tschechei gibt sich jetzt geschichtsbewusst, seit ein paar Jahren gibt es ein Hotel „Napoleon" und Schrifttum über diese Zeit.

In Kulm wohnt noch ein Kreis Deutscher, mit denen wir auch regelmäßig Kontakt haben. Ihre Vorfahren wurden im Mai 1945 bei den neuen tschechischen Herren im Bergbau oder in Fabriken oder auch bei Bauern zwangsverpflichtet.

Seit etlichen Jahren sind wir bemüht, mit eben diesen Nachfahren Feste zu feiern und uns so manches erzählen zu lassen, was nach 1946 mit den verbliebenen Deutschen dort geschah.

Es gibt eben auch da erschütternde Schicksale wie bei den Vertriebenen. Die meisten von ihnen sind vom Schuften auch schon alt und krank. Musste die neuen Herren einarbeiten, und wenn alles wie am Schnürchen lief, mussten die Deutschen niedrigste Arbeiten machen. Es gab keine Wahl, die einen wurden vertrieben, ein kleiner Teil musste bleiben, egal, ob Kommunist oder Antifaschist. Willkür bestimmte die Auswahl. Diese Deutschen wurden 1945 auch umgesiedelt, weil die Dörfer dem Kohleabbau weichen mussten. Sie kamen in kleinere, schlechtere Häuser und Wohnungen, denn sie waren ja nur Deutsche. Ihre Kinder mussten Tschechisch lernen, auf der Straße durfte nicht deutsch gesprochen werden.

So mancher durfte sich von 1960 bis 1970 etwas Kleines schaffen oder in Plattenbauten umziehen oder sich freikaufen und auswandern, allerdings wieder mit nichts. Leicht war das nicht, denn es musste jemand in Deutschland oder Amerika für diese Leute bürgen. Hatte man keine Verwandten, musste man bleiben.

Es gab natürlich losen Kontakt mit den einheimischen Tschechen, man kannte sich ja aus den Dörfern und tolerierte sich, man heiratete auch. Die Gräueltaten waren meistens von unbekannten,

ortsfremden Tschechen verübt, denn die einheimischen Tschechen verhielten sich meistens loyal...
Wir werden uns vorläufig weiterhin treffen, unsere Freundschaften pflegen und unsere Feste feiern. Ich hoffe, die Kirchen stehen auch in Zukunft hinter uns.

Die Wallfahrtskirche Mariaschein, im Jahre 2000 von Wilke Christl fotografiert

Sonntags-Ausflugsziele
unserer Familie in der Heimat

Soweit ich mich erinnern kann, war in jedem Monat sommers wie winters immer zwei- bis dreimal etwas los. Bei jedem Ausflug wurde von den Erwachsenen der nächste schon geplant, denn Telefon hatten nur der Doktor, der Pfarrer, das Gasthaus und die Migners. Die waren meistens dabei, ebenso wie die Sippen von Wilke, Struppe, Weis, Patzelt und die Dörfelsippe meines Vaters.

*Elternhaus der Antonia Wilke, Kamnitz Nr. 8,
im Vordergrund rechts ihr Bruder Josef Wilke*

Es gab Ausflüge zum **Kamitzer Wilke-Hof**, auch der Kneipp-Verein Aussigs kam regelmäßig mit etwa zwanzig Personen, da gab es dann frisch gebackenes Brot, Butter, Quark und selbstgemachten Käse, kleine Gurken vom Feld, dazu frische Buttermilch und Eierspeise. Gedeckt wurde im Sommer immer im Baumgarten unter Nuss- und Apfelbäumen. Holzböcke wurden aufgestellt, Bretter und eine große Leinendecke darüber, das war ein Schmausen und Lachen. Waren viele Gäste da, wurden drei große Tafeln aufgebaut.

Waren die Kirschen reif, durften wir auch auf die Kirschbäume hinauf und uns den Bauch nach Herzenslust vollschlagen. Und die Städter ließen sich nicht lumpen und gaben Emma Wilke reichlich Trinkgeld. Das konnte sie gut brauchen, auch wenn sie den Wilkehof damals schon schuldenfrei hatte.

Der Wilkehof im Verfall, Juli 1971

Der Wilkehof im Verfall, 1975

Vier Generationen Wilke

Mein Großvater Josef heiratete Emma Struppe aus Troschig. Er zahlte seine Schwester Antonia Wilke (geb. 1870) aus. Antonia heiratete nach Auschine, den Gastwirt Josef Grosse. Nur wegen der Aus-zahlung war der Hof verschuldet, als Emma einheiratete. Wie beschrieben: sie sparte eisern, und als ihre Kinder aus dem Gröbsten raus waren, hatte sie die Schulden getilgt.

Der nachweisliche Stammhof der Wilkes ist in Arbesau Nr. 7.
Man gab dem ersten Josef Wilke (geb. 1832) als Heiratsgut: Grundstück, Wald und Wiesen, knapp 11ha – die man über hundert Jahre bearbeitete – eine Stunde Wegs mit den Pferden.
Im ersten Weltkrieg wurden die Pferde beschlag-nahmt. 1930, als meine Mama heiratete, bekam sie die ganzen Liegenschaften in Arbesau mit – was lag näher, als die jungen Leute auszustatten...
Mein Vater, ein Lehrersohn, konnte mit solch einem Vermögen nicht aufwarten. Die Dörfels beteiligten

sich dafür am Hausbau – für damalige Verhältnisse modern.

Die Nachfahren des Wilkehofs in Arbesau, auch in der 8. Generation, haben damals, als sie Josephus auszahlten, ihren großen Hof von ca. 50ha auf 40ha verkleinern müssen.

Ich bin noch in Verbindung mit Gertrud und Rainer Wilke, Arbesau Nr. 7.

Gertrud und Rainer Wilke, Arbesau Nr. 7

Auf dem **Struppehof in Troschig** war es ähnlich, die Verwandtschaft hielt damals ganz fest zusammen. Es wurden Gedichte von Goethe oder Schiller deklamiert oder Reime zu Ehren der Gastgeber.

Zinngraupen war eher im Spätherbst das Ziel, schon früh um acht Uhr fuhr man mit der Elektrischen und ging zu Fuß, um gemeinschaftlich die Messe zu besuchen – denn an fast allen Zielen gab es eine Kirche – danach wurde eingekehrt und dann das Ausflugsziel, hier das Bergwerk, besucht. Beim gemeinsamen Heimweg wurde noch Kaffee getrunken, wir Kinder bekamen Kakao oder Limonade.

Im Frühjahr traf man sich bei uns in **Arbesau** in meinem Elternhaus, dann machte man interessante Spaziergänge in die Sernitz, wo wir Kinder alles Mögliche sammelten, ein Bub hatte immer seine Botanisiertrommel dabei. Zu Hause wurden die Schätze begutachtet, meistens von meinem Opa, der ja Oberlehrer war, da musste er doch einfach alles wissen! An kleineren Bächen spielten wir oft barfuß, bauten Rindenschiffe und ließen sie um die Wette fahren, oder wir spielten „Fangless", um zwischendurch schnell mal zu den Eltern zu laufen und ein Glas Limonade zu trinken, dann ging es gleich wieder zum Spielen. Langeweile gab es nicht, manchmal sahen wir auch den Ameisen zu.

Dann waren da noch die Ausflüge nach **Auschine** in **Patzelts Gasthaus**. Eine Wilketochter hatte dort eingeheiratet, dort durften wir ans Billard. Oder wir rannten ins Dorf, dort trafen wir Kindergarten- oder Schulfreunde, man spielte Tennis mit kleinen Schlägern oder Ballwerfen, auch Völkerball, wir hatten auch stets unser Sprungseil dabei und sprangen gern um die Wette.

Antonia Wilke heiratete Josef Grosse, darüber deren Tochter Marie Patzelt mit ihrem Mann

Etwas Besonderes waren da noch die großen Ausflüge, die Straßenbahn fuhr fast bis zum Hafen, dann ging es mit dem **Elbdampfer** nach Tschernosek, meistens war die große Sippe da, die Großen mussten ja den „Neuen" probieren, zum Wein gab es dann belegte Brote, oder auch Kaffee, Milch und Kuchen, wir durften in den Wein-Wirtsgarten, dort konnten wir gut Verstecken spielen oder die letzten reifen Früchte naschen.

Im Winter traf man sich meistens bei uns zum Ski- und Rodelfahren, die Migners kamen aus der Stadt dazu. Die Großen mussten immer schon früh los nach **Adolfsgrün**, Skiausflüge waren sehr beliebt, und die Elektrische proppenvoll!

Es war einfach herrlich, freilich sah ich es mit Kinderaugen. Wenn ich heute heimfahre, dann ist es einfach nur noch schön.

Franz Wilke

Franz Wilke, der Bruder meiner Mutter

Franz Wilke war nur sechs Wochen an der russischen Front. Dann wurde er von den Deutschen mit einem Bauchschuß liegengelassen. Wahrscheinlich erklärte man ihn für tot. Doch wie ich im ersten Kinderbuch beschrieb, wurde Franz von den Russen im Lazarett soweit gesund gepflegt, daß er transportfähig war.

1946 traf ihn eine ehemalige Bewohnerin seines Heimatortes im Zug (in den heutigen neuen Bundesländern). Er erzählte ihr ausführlich von der Pflege in Rußland. Dort hatte er sich – dank seiner guten Tschechisch-Kenntnisse, die er als Austauschschüler erworben hatte – als Böhme ausgeben können. Jetzt wollte er schnell nach Hause. Die Frau riet ihm jedoch ab. Sie sagte: „Deine Frau und deine Tochter Christl sind vertrieben, deine Eltern ebenso". „Das glaube ich nicht", erwiderte er, „ich muß mit eigenen Augen sehen, was da los ist!". Er hatte bis dahin nichts von einer Vertreibung gewusst. Zwar sprach er inzwischen auch russisch – den Kontakt zu Deutschland hatte er jedoch verloren.

Durch Zufall habe ich kürzlich erfahren, daß Franz Wilke tatsächlich nach Kamitz auf seinen Hof kam. Er fand dort die neuen Herren vor und geriet mit ihnen in Streit. Daraufhin brachte man ihn nach Aussig ins Stadtgefängnis. Obwohl er dort nicht körperlich mißhandelt wurde, sollte ihm diese Inhaftierung zum Verhängnis werden. Durch eine angeborene Darmkrankheit (heute würde man es Zöliakie nennen) und seine noch nicht ganz ausgeheilte Bauchverletzung war er geschwächt. Im April

oder Mai 1947 soll er verstorben sein. Er wurde also nur gut vierzig Jahre alt. Man beerdigte ihn auf dem alten Aussiger Friedhof in einem Massengrab.
Im Mai werden wir aufs Kulmer Treffen fahren, in unsere alte Heimat. So Gott will, werden wir dort vielleicht noch etwas erfahren über Franz Wilke und seine Beerdigung. Dann könnten wir dort beten.

Ende der 30er Jahre war Franz Wilke für eine Woche mit seinem Vetter Josef Horn auf der Landwirtschaftlichen Ausstellung in München. Er kaufte eine Claas-Dreschmaschine und einen modernen Getreidemäher. Beide schwärmten immer von Bayern und München. Sie haben die Zeit genutzt und vieles angesehen. Später wollten sie mit Familie wiederkommen – es wurde nichts mehr daraus. Beide mußten in den Krieg – und kamen nicht mehr zurück. – Deshalb wollte unsere Familie so gerne nach Bayern – weil meine Eltern schon so viel kannten, aus den Erzählungen von Onkel Franz.
Und jetzt erst fällt es mir wieder ein – daß die Kinder und Enkel statt den Vätern in Bayern waren. Und sie kommen immer wieder her!

Anhang

Tag der Heimat 2003

Liebe Freunde und Landsleute,
auf die reichlich geschmückten Tische möchte ich Sie alle aufmerksam machen. Jedes Stück ist eine Kostbarkeit für sich. Nur, wer die Heimat verlor, kann dies ganz ermessen. Alles ist wieder mühselig von mir und allen meines Alters zusammengetragen und wird nun schon in der dritten Generation nach der Vertreibung aufbewahrt und in Ehren gehalten. Mir ist dies noch so vor Augen, als wäre es gestern gewesen.

Es wäre schade, wenn diese schönen Dinge alle auf dem Müll landen würden. Deshalb noch einmal meine Bitte an die Politiker aller Couleur und die Pfarrer, die Einfluss haben, sich dafür einzusetzen, daß die Vertriebenen schon bald eine kleine Stube bekommen.
Wir sind doch nicht Irgendwer, sondern tatkräftige Mitbürger. Ich glaube, Beweise gibt es genug.

Hierzu eine kleine Anmerkung über das Zusammenleben der Deutschen und Tschechen in Böhmen damals.

Ich trage heute das erst Mal die nordböhmische Tracht – mit Stolz. Sie ist von der zweiten Generation nach der Vertreibung geerbt. Noch ungefähr fünfzig Trachtenträgerinnen gibt es.

Bei uns in Böhmen war nach dem 1. Weltkrieg ein Hass auf alles, was deutsch war, Trachtenträger waren den übelsten Schmähungen und sogar Handgreiflichkeiten seitens der tschechischen Bevölkerung ausgesetzt, schon wenn die Deutschen weiße Strümpfe trugen, sahen die Tschechen Rot. Deshalb haben viele Landsleute die Beziehung zur Tracht verloren, denn wer hat Lust auf ständige Schikanen. Es ist wie eine erzwungene Verstädterung.

Die Jungen wissen dies nicht mehr, sie sind, Gott sei Dank, in sämtlichen Bundesländern integriert.

Vom 12. Jahrhundert an begann die deutsche Besiedlung der Randgebiete (Sudeten) – denn sie wurden ins Land gerufen – warum wohl?
Weil auch damals ein Deutscher Neues mitbrachte und schon tüchtig war. Sie kamen aus allen Stämmen Deutschlands, und wir sind die Nachfahren von ihnen. Herzog Sobieslaw sprach den für uns sehr bedeutenden Satz: „Ihr sollt wissen, daß die Deutschen freie Leute sind."

Dies haben Tschechen und Polen 1945 - 1946 bei den schrecklichen Vertreibungen vergessen.

Was bedeutet uns „Vertriebenen" heute „Heimat"?

18.9.2005. Es ist die Erinnerung an die Mutter, an die Sippe, dort war es heimelig! Ob einfach oder fürstlich, es war jedem von uns sein persönliches Heim, es war das Hineingeboren-Sein in die Heimstatt, auch gleichzusetzen mit Liegestatt. Das Umfeld gehörte dazu, ob Dorf, Gemeinde oder Stadt. Wir alle tragen unser persönliches Heim immer mit uns. Es ist ein Rückerinnern in unserem Unterbewusstsein, das niemand löschen kann.
Doch jetzt, da wir in Erding oder Umgebung sesshaft sind – viele von uns leben schon mehr als sechzig Jahre hier – haben wir eine neue Heimat gefunden und fühlen uns hier alle ausnahmslos sehr wohl. Viele von uns haben wieder sehr hilfreiche Freunde und Nachbarn, die man braucht.

In Erding war ich relativ schnell daheim, denn als wir 1966 zuzogen, fand ich auf allen Ämtern so viel Entgegenkommen, nur hilfsbereite Leute, daß das

Eingewöhnen leicht war. Erding ist – im Unterschied zu München – die „Stadt mit Herz", ich lebte zehn Jahre in München, aber dort war ich nie daheim.
Daß Erding ein gutes Heim ist, kommt sicher daher, daß viele Erdinger eine Abstammung als Schlesier, Pommern, Donauschwaben, Sudetendeutsche oder andere Ostdeutsche nachweisen können. Man erfährt das höchst selten, weil ja die nachwachsende Generation – oft schon in der vierten Generation – ins Erdinger Nest hineingeboren sind und echte „Ardinger san".

Trotzdem wollen wir, die noch Zeitzeugen der Vertreibung sind, unsere angestammte Heimat nie vergessen, denn dort sind unsere Wurzeln und alles, was wir einst besessen. Auch die Gräber unserer Lieben ruhen für uns unerreichbar in der Heimat, aus der wir vertrieben wurden.
So und noch anders kann man das Wort HEIMAT sehen und letztlich müssen wir alle zur ewigen Heimat gehen...

Als die Bayern den Pflug nach Böhmen brachten

16.9.2006. Im 12. Jahrhundert ritt Herzog Witiko von Böhmen, zugleich Deutscher Reichsfürst, wieder einmal von Deutschland kommend nach Böhmen zurück, er hing schweren Gedanken nach, wie man die Lage im Lande verbessern könnte.
Bis jetzt wohnten die Tschechen nur im inneren Böhmen, die sich mehr recht als schlecht ernährten. Es waren allesamt Unfreie und in seiner Knechtschaft.

Da kam ihm die Idee, deutsche Bauern ins Land zu holen, und zwar sollten sie als Freie kommen und mit Grundrechten ausgestattet werden. Er bot ihnen die Randgebiete an, die sie allerdings erst selbst urbar machen mussten. Für einen alten Bajuwaren und Germanen war das überhaupt kein Problem, und nur einmal im Jahr lieferten sie ihrem Fürsten etwas von ihrem Ertrag ab. Und was die Bauern alles an Gerätschaften mitbrachten! Das beste war die eiserne Pflugschar. Natürlich brachte man eigene Schulzen, Richter und Pfarrer mit. So entstanden in kürzester Zeit blühende Gemeinwesen, man siedelte in geschlossenen Dörfern.

Aus dieser Zeit[52] stammt der Hass der Tschechen auf alles, was deutsch war, die angebliche Schmach, weil sie ja nun deutsch reden mussten, um an die neuen Kulturgüter zu kommen. Von deutscher Seite hatte man das nie so empfunden, denn manch Tscheche wurde mit der Zeit auch frei, wenn er tüchtig war.

Sie vergaßen die 700 Jahre Deutschtum nicht, bis man 1946 die ach so unliebsamen Deutschen endlich loswerden konnte.

Wir hinterließen ein Land, das mit dem Deutschen Reich bei Industrialisierung und bei den Erträgen in der Landwirtschaft mithalten konnte. Und was haben

---

[52] Die Nationalbewegung entstand im 19. Jahrhundert nach und gegen Napoleon in Europa, bei den Tschechen politisch 1848 und kulturell durch die tschechische Oper und tschechische Universität, vorher war es vor allem ein Sozialproblem, weil Tschechen die Unter- und Mittelschicht stellten, d. h. Dienstleister und Händler. Die Idee der ethnischen Säuberung gab es unter den Tschechen bereits im 1. WK. Als Vorläufer kann man den tschechisch predigenden Johannes Hus ansehen. (G. Weis)

die Tschechen binnen kürzester Zeit damit gemacht! Sollen wir das dem Kommunismus zuschreiben oder einfach, weil sie nicht so fleißig sein können wie Deutsche? Sicherlich haben sie eine andere Mentalität.

Wenden wir uns noch einmal der Besiedlung zu. In Prag stellte König Wenzel[53] die ersten Schutzbriefe für deutsche Kaufleute aus, dann kamen die Handwerker, und alle bekamen ihr Heimatrecht, heute würde man böhmische Staatsbürger deutscher Nation sagen.
Außer Tabor waren alle Städte deutsche Gründungen. Bald darauf erfolgte die dritte Welle der Zuwanderung. Es waren Bergleute, überall in den Gebirgen gruben sie auf Geheiß des Königs Wenzel nach Gold und Silber und stießen später auf Kohlevorkommen. Zu großem Ansehen kam die Stadt Iglau, denn ihr Bergrecht galt nun auch außerhalb Böhmens, es entstanden neue Städte,

---

53 Wenzel I. Přemysl (tschechisch *Václav I. Jednooký*; * um 1205; † 23. September 1253 in Počaply). Er gründete unter anderem die Städte Trautenau, Schlan und Mies. (wikipedia)

die sich nach Bergwerksorten nannten, so Kuttenberg, Rautenberg, Mies, Joachimsthal, Zuckmantel.

Jetzt kamen auch die deutschen Prinzessinnen als Gemahlinnen für die böhmischen Herzöge, und die vielen Gefolgsleute, die mitkamen, vervollständigten die Siedlungswelle.
Doch vor den deutschen Bauern sollte man die vielen Klostergründungen nicht vergessen, mit den studierten Leuten und Mönchen, die ja gottlob immer großen Einfluss hatten und vielleicht so manchen Streit zwischen den beiden Nationalitäten verhinderten.

Jetzt sind fast alle Randgebiete versteppt, deutsche Gräber überwuchert, Dörfer ausgelöscht. Lediglich den Gnadenort Mariaschein ließ man stehen und mit Hilfe von uns Vertriebenen etwas restaurieren.

Ich möchte den Tschechen auch zugutehalten, daß es eine andere Generation war, die gegen uns gewütet hat, und daß sie uns endlich, wie wir es wünschen, die Hände zur Versöhnung reichen.

Letztendlich sind wir Christen und haben unseren Glauben über Jahrhunderte gewahrt auch später in unserem Daheim ganz woanders, das möge unser Trost sein...

Wir kamen nach Bayern und in andere Regionen, wir kamen mit leeren Händen, doch mit einem vollen Geist, denn jeder von uns brachte sein ganz persönliches Wissen mit und setzte seine Talente hier oder anderswo gezielt zum Wiederaufbau der neuen und einst alten Heimat ein, die alte Pflugschar ließen wir den neuen Herren, sie sollen immer an uns erinnert werden.

Es ist somit kein Zufall, sondern eine Fügung Gottes, daß wir nach 700 Jahren nach Altenerding, das zwei Pflugmesser im Wappen hat, und nach Erding mit der Pflugschar im Wappen zurückkehren durften.

Aus der Erdinger Zeitung und dem Aussiger Boten

Vier Jahrzehnte Heimatklänge
Sudetenchor feierte Geburtstag - Erinnerungen
an vergangene Zeiten - Ehrungen

Erding (ea) - Der Erdinger Sudetenchor feierte Geburtstag – 40 Jahre wurde der Sängerkreis alt. Zu diesem Anlaß erschien der Sudetenchor Landshut mit einer starken Abordnung in Erding. Der Vorsitzende des Erdinger Sudetenchors und Ortsobmann der Ortsgruppe Erding der Sudetendeutschen-Landsmannschaft, Rudolf Korbl, konnte viele Gäste begrüßen, darunter Bürgermeister Karl-Heinz Bauernfeind, Kulturreferentin Ingrid Sollanek, den 2. Bundesvorsitzenden des Sudetendeutschen Sängerbundes, Horst Osthoff, den Chor Landshut mit seinem Vorsitzenden Helmut Winkler und seinem Chorleiter Siegfried Puritscher, die Bundeschorleiterin und Schatzmeisterin Helene Lachnit, den Vorsitzenden der Graslitzer Sängerrunde München, Alfred Stowasser, den 2. Landesobmann der Sudetendeutschen Landsmannschaft von Bayern und Bezirksobmann von Oberbayern Herbert Pro chazka und den Obmann der Egerländer Gmoi Landshut, Theo Hasler.

Chorleiterin Erika Korbl und die Kulturreferentin der Ortsgruppe Erding der Sudetendeutschen Landsmannschaft Maria Lorenz lasen die 40jährige Chronik des Sudetenchors. Erinnerungen an Veranstaltungen in Erding und an die vielen Besuche des Erdinger Chors bei Festveranstaltungen auswärtiger Chöre wurden dabei wach. Als Veranstaltungen von überörtlicher Bedeutung, die in Erding stattfanden, sind zu nennen: 1962 1. Tagung des Sudetendeutschen Sängerbundes, 1965 1. Gruppensängerfest, 1973 Sudetendeutscher Sängertag, 1978 25 Jahre Sudetenchor, 1979 30 Jahre Sudetendeutsche Landsmannschaft und 20 Jahre Egerländer Gmoi, 1985 Bayerisch-Böhmischer Nachmittag in der Erdinger Stadthalle.

Sonstige Daten aus der Geschichte des Chors: die ersten Chorleiter waren Landsmann Wünsch und Landsmann Hausmann, von 1957 bis 1973 stand Landsmann Magerl dem Chor vor und seither ist Erika Korbl Chorleiterin.

Erika Korbl richtete an Frau Appel, Frau Dubitzky und Frau Jilg, die bereits 1953 im Chor aktiv waren, einen besonderen Gruß. Sämtliche derzeit aktiven Chormitglieder erhielten Blumen. Mit einer Ehrenurkunde wurden die seit 20 Jahren aktiven Chormitglieder Erika Korbl, Edith Grünwald und Ernst Hakkethal ausgezeichnet. Der Bezirksobmann Herbert Prochazka überreichte der Chorleiterin eine Dankurkunde des Sprechers der Sudetendeutschen Volksgruppe Staatsminister a. D. Franz Neubauer. Prochazka gab zudem bekannt, daß die Sudetendeutsche Landsmannschaft die 53 KZSE-Staaten auf die sudetendeutsche Frage hingewiesen hat.

Teils von Frohsinn, teils von Besinnlichkeit geprägt waren die zahlreichen Liedvorträge, mit denen der Sudetenchor Erding und der Sudetenchor Landshut Farbe in das reichhaltige Programm der Geburtstagsfeier brachten.

Erdinger Anzeiger vom 18.4.1993

Spätes Wiedersehen in Kulm

Durch die Kulmer Treffen sind mir die Richters vom Gasthaus Peter Richter (Restaurant - Bowling) in Kulm fast schon zur Familie geworden. In diesem Gasthof traf ich mich im September 2012 mit 12 Freunden aus Aussig und Umgebung, die aus Sachsen, Berlin, Stuttgart und Bayern angereist waren.
Samstagabend machte unser Wirt Peter Richter noch eine kleine Fahrt nach Posthübel - Arbesau. Im Gasthaus "Zur Post" hörte er, daß drei Deutsche aus Arbesau dort abgestiegen seien. Er erzählte mir davon. Ich wollte es aber genau wissen, denn ich bin 1932 auf der Post geboren. Peter Richter nahm sofort Kontakt zu dem Postwirt auf. Es stellte sich heraus, daß die Deutschen aus Kamitz waren. Jetzt schaltete ich mich persönlich ein und rief ins Telefon: "Wer bist du?" "Der Czech Gerd." Ich darauf: "Und ich bin die Dörfel Mariechen von der Post 145. Mein Großvater war der Wilke Josef aus Haus Nr. 8 (Elternhaus meiner Mutter)."

Gerd Czech zurück: "Natürlich kenne ich dich, wir sind ja zusammen mit der Straßenbahn Linie 1, die von Tellnitz kam, nach Aussig in die Oberschule gefahren! Du stiegst "Monumente" zu, ich und mein Bruder Franz in Tillisch."

Gerd Czech und Maria Mader

Seit dieser Zeit haben wir uns nicht mehr gesehen! Ich bat ihn, ins Restaurant Richter zu kommen – und nach 10 Minuten war er da. Das war eine so unerwartete Begegnung nach 67 Jahren!

Wir konnten es beide kaum fassen und haben geweint und gelacht. Alle gemeinsam verbrachten wir die nächsten drei Tage. Die Richters waren unsere Fremdenführer, denn nur die aus den verschiedensten Gründen in der Heimat Gebliebenen kennen sich noch in der Gegend aus, denn der Kohlebergbau hat alles verändert und die deutschen Namen an den Ortsschildern gibt es nicht mehr. Wir besuchten das Mückentürmchen, die Doppelburg, das wunderschöne Dubitzer Kirchlein mit herrlichem Blick auf die Elbe, Mariaschein, Teplitz, Tellnitz, das Erzgebirge und den Kraftort in Gartitz (dazu am Ende mehr).

Es wäre schön, wenn noch viel mehr Besucher in die alte Heimat kämen, um sie ihren Enkeln und Urenkeln zu zeigen. Die Jugend in den Landsmannschaften ist für mich ein Vorbild für ein vernünftiges Miteinander von Deutschen und Tschechen (z.B. Burg Hohenberg, Heiligenhof in Bad Kissingen). Ich möchte auch die Familie Richter besonders hervorheben, die uns liebenswürdige Gastgeber sind und uns fotografieren, für uns recherchieren und uns kutschieren...

Und nun zum Kraftort in Gartitz: Vor der Kirche ist ein uralter Lindenplatz, dazwischen Gräber, vermutlich von Kreuzrittern. Kurt Richter ist noch mit Nachforschungen beschäftigt. In diesem Jahr wurde der Platz zum „Kulturerbe" erklärt und eine entsprechende Tafel angebracht. Mir hat dieser Kraftplatz nach einer schweren Operation geholfen. Ich war immer wieder dort und habe gebetet und bin gestärkt nach Hause gefahren. Heute geht es mir gut. Vielleicht hat noch jemand Erfahrungen mit diesem besonderen Ort gemacht?

Mariechen Mader geb. Dörfel, Erding

Wir möchten in diesem Zusammenhang noch einmal auf das Buch von Frau Mader hinweisen, das wir im Jänner-Boten vorgestellt haben "Meine Kindheitserinnerungen im Schatten der Monumente".

Adresse: Maria Mader,
Karlsbader Str. 35, 85435 Erding.
Die Redaktion

Aussiger Bote 65. Jg./02, 2013, S. 39

Kraftort Gartitz

Das Innere der Kulmer Kirche

Kulm: links die Kirche, rechts das Schulhaus

In der Volksschule von Kulm

Dachbodenfunde – immer wieder kommen neue, für uns Vertriebene interessante Wahrheiten ans Licht, auch jetzt noch, nach 70 Jahren.

Ich wurde 1938 eingeschult. Mein heißgeliebter Lehrer Peissig unterrichtete mich bis zur 2. Klasse. Es war ein einschneidendes Erlebnis für mich, wie meine Muttl mich meinem zukünftigen Lehrer vorstellte (jede Mutter stellte ihr Kind zu Beginn der Schule vor). Sie tat es mit folgenden Worten: "Herr Lehrer, zwiebeln Sie Mariechen nur ordentlich!". Lehrer Peissig ließ meine Mutter nicht mehr zu Wort kommen und sagte: "Das werden wir schon machen". Dabei zwinkerte er mir mit einem lieben Lächeln zu. Ihm zuliebe wurde ich seine Vorzeigeschülerin.
Wenn man etwas wusste, meldete man sich damals durch Handheben. Ich nicht, denn es gab nichts, worauf ich keine ordentliche Antwort gewusst hätte. Das behielt ich auch im späteren Leben bei und vermied es, mit meinem Wissen zu prahlen.

Als die Deutschen die Tschechei besetzten, hatte Kulm einen Bürgermeister aus Norddeutschland, eine "Nazigröße". Da berieten die Kulmer, daß unser beliebter Lehrer Peissig Bürgermeister werden solle. Und er, in seiner Gutmütigkeit, ließ sich darauf ein, um die Kulmer zu schützen. Das wurde ihm 1945 zum Verhängnis – obwohl er nie etwas gegen Tschechen oder Andersdenkende unternommen hatte! Weil er Ortsvorsteher war, wurde als einer der ersten von den Tschechen verhaftet. Er kam für 2 Jahre nach Theresienstadt.

Doch gegen Peissig hatte man nichts in der Hand. So konnte er mit seiner Familie vertrieben werden. Er wurde nach Ulm vertrieben, wo er später an der Gründung der ersten Waldorfschule mitwirkte. All dies habe ich erst im Jahre 2015 erfahren.

Lehrkörper der Volksschule Kulm im Jahre 1938. Zweiter von links, stehend: Dechant Schunert. Rechts, stehend: Lehrer Peissig.

Links im Bild ist außerdem mein Dechant, Herr Schunert. Er ließ mich öfter in die höheren Klassen holen ("Weil die Dörfel immer alles weiß"). Allerdings war ich deshalb nie eingebildet. Ich hatte mit jedermann guten Kontakt. Natürlich machte ich dennoch Unterschiede – herzlose Menschen mied ich so gut es ging.

1942 war meine Volksschulzeit zuende. Von nun an fuhr ich mit der Straßenbahn in die Oberschule Aussig.

Unermüdliches Knüpfen am Netzwerk

Maria Mader aus Erding ist neue Kreisobfrau der Sudetendeutschen Landsmannschaft Erding. Maria Mader ist neue Kreisvorsitzende der Sudetendeutschen Landsmannschaft. Sie gehört zur letzten Generation, die die Vertreibung noch am eigenen Leib gespürt hat.

400 Jahre lebte die Familie Dörfel in Böhmen. Dort, in Arbesau, wurde sie am 4. Januar 1932 geboren. Am 24. November 1946 wurde die Familie aus ihrer Heimat vertrieben.

In Bayern angekommen, mussten die damals 14-jährige Maria und ihr jüngerer Bruder die Familie unterstützen. Der Vater, der nach 16-monatiger Internierungshaft schwer krank wurde, konnte seiner Arbeit als Werkmeister bei der Bahn nicht mehr nachgehen. Daher war die Familie weiterhin auf die Mithilfe der beiden Kinder angewiesen. An ihre Arbeit in einem Kohlengeschäft erinnert sich Maria Mader noch gut. "Ich hatte schon immer einen ausgeprägten Gerechtigkeitssinn", erzählt sie ein wenig stolz.

So habe sie den Armen, den Flüchtlingen und Kranken immer eine Schaufel Kohle mehr gegeben, während die Bauern eine Schaufel weniger bekamen. Erst im Alter von 16 Jahren konnte sie ihre Ausbildung fortsetzen.

Sie besuchte eine Haushaltsschule in Landshut. Dort lernten die Mädchen, sich zu versorgen und einen Haushalt zu führen. Unter anderem stand Nähen auf dem Stundenplan, und sie verkauften ihre Erzeugnisse an die Armen. So kostete ein Dirndl beispielsweise zwei Mark. Nach neun Jahren Arbeit in einer Mantelfabrik wechselte Mader zu Siemens.

Hier arbeitete sie 25 Jahre und ist stolz, bei der Entwicklung des Silizium-Datenträgers dabei gewesen zu sein.

Doch einen echten Ruhestand gönnt sich Mader nicht. Als neugewählte Kreisvorsitzende der Sudetendeutschen Landsmannschaft Erding hat sie hehre Ziele. Besonders die jungen Sudetendeutschen möchte sie für die Landsmannschaft gewinnen und sie für deren Wurzeln und die Kultur im Sudetenland begeistern.

Sehr stolz ist Mader, dass auch viele Bayern die Arbeit der Landsmannschaft unterstützen. Die Jugend möchte sie zum Nachdenken anregen, etwa darüber "wie unser Volk war, wie unser Volk ist, und wie unser Volk dies weitertragen soll". Außerdem möchte sie das soziale Netz unter den Sudentendeutschen wieder gestärkt sehen.

In ihrem Buch "Meine Kindheitserinnerungen im Schatten der Monumente" erzählt Mader von ihren Erinnerungen an ihre Heimat Böhmen (erhältlich im Lesezeichen).

Momentan schreibt sie an ihrem zweitem Buch, das von der Zeit seit ihrer Ankunft in Bayern handeln wird.

Sandra Schira

Erdinger Anzeiger vom 1.4.2008
Abgedruckt mit freundlicher Genehmigung
der Autorin.

CSU-Ausrutscher beschert neue Mitglieder

Erding - Nichts Schlechtes, das nicht auch sein Gutes hat, diese Weisheit trifft auch die Kreisgruppe Erding der Sudetendeutschen Landsmannschaft zu. Deren neu gewählte Obfrau Maria Mader aus Erding berichtet, dass die Mitgliederzahl in jüngster Vergangenheit um zehn auf nunmehr 75 gestiegen sei. Als einen Grund dafür nannte Mader den verbalen Fehltritt des CSU-Fraktionsvorsitzenden im Landtag, Georg Schmid. Der hatte behauptet, nachdem man die Sudetendeutschen nach dem Krieg integriert habe, müsse das doch auch mit Muslimen gelingen.
Der daraufhin losgebrochene Sturm des Protests rückte Landsmannschaft der Vertriebenen in den Mittelpunkt der öffentlichen Wahrnehmung. In der Folge haben sich nach den Worten Maders viele junge Nachkommen der Sudetendeutschen zu ihren Wurzeln bekannt. Die neue Kreisobfrau Mader führte bislang die Ortsgruppe Erding und ist seit Anfang März für den gesamten Landkreis zuständig.

"Mein Anliegen ist es, die jungen Sudetendeutschen für ihre Landsmannschaft zu interessieren, wohlwissend, daß eineinhalb Millionen Bayern ihre Wurzeln im Sudetenland finden." Die Kinder der Vertriebenen-Generation seien heute selbstbewusste Bayern – "und das ist auch gut so". Bislang sei es leider versäumt worden, mit den Nachkommen über die Herkunft ihrer Vorfahren und die Gräuel von Krieg und Vertreibung zu sprechen. Die Gruppe trifft sich jeden dritten Mittwoch im Monat um 15 Uhr im Hotel Henry.

ham

Erdinger Anzeiger vom 1.4.2008
Abgedruckt mit freundlicher Genehmigung
der Autorin.

Donauschwaben

Gefüllte Krautwickel-Sarma

Rezept von Maria Dingl

Es handelt sich ursprünglich um ein Gericht aus dem Balkan. Aber auch im deutschsprachigen Raum gibt es gefüllte Kohlrouladen oder Krautwickerl (Österreich).

Als Weißkraut nimmt man sogenanntes weiches Kraut oder Spitzkohl. Das weiche Kraut kennt man an der platten Unterseite. Statt Kraut kann man auch Wirsingblätter nehmen.

1 kg gemahlenes Schweinefleisch
2 Zwiebeln
Salz, Pfeffer, Paprika, Piment, Lorbeerblätter
10 Esslöffel Reis
1 Kopf Weißkraut
500 g Sauerkraut
200 g magerer Bauchspeck
1 Paar geräucherte Paprikabratwürste

Das Weißkraut wird in kochendem Salzwasser blanchiert. Erst dann kann man die Blätter voneinander lösen.

Das Fleisch wird mit den Zwiebeln, den Knoblauchzehen und dem Reis kurz angebraten und gewürzt.

Die harte Rippe der Krautblätter abschneiden, auf jedes Blatt 2 Esslöffel von der Fleischmasse geben und einrollen. Die Enden in die Rolle schieben. Den Speck in Scheiben schneiden und auf den Topfboden legen, etwas Sauerkraut darauf geben, die Wickel darauf legen, das restliche Kraut darauf schichten.

Lorbeerblätter dazugeben, Wasser einfüllen, daß man es sieht, aber das Kraut nicht bedeckt. Die Paprikawürste darauf schichten.

Deckel auf den Topf geben. In dem mit 180 Grad vorgeheizten Rohr zwei Stunden schmoren lassen.

Mit gutem Brot servieren.

Man kann auch gesäuerte Weißkrautblätter (gibt es in türkischen Geschäften) nehmen und das Gericht ohne Sauerkraut zubereiten.

Die Sarma wurden traditionell am Neujahrstag als herzhafte Mahlzeit gereicht. Sie waren für Feste und Gäste gut vorzubereiten und schmecken aufgewärmt besser als frisch.

Flucht durchs verregnete Trostberg

Treck der Donauschwaben: Vom Bombenhagel in Traunstein ging es am 24. April 1945 in die neue Heimat im südlichen Landkreis Altötting.

Eine historische Aufnahme, entstanden vor genau 63 Jahren in Trostberg: Am Nachmittag des 24. April 1945 zogen etwa 800 Donauschwaben mit über 100 Wagen und 200 Pferden durch die Stadt an der Alz. Nach dem Bombenangriff auf Traunstein am 18. April mussten sie neun Opfer aus ihren Reihen dort beerdigen und waren erst an diesem Dienstag zur Weiterfahrt nach Norden aufgebrochen. Gerade noch rechtzeitig, denn schon am Mittwoch, 25. April, flog die US-Luftwaffe einen neuen Angriff auf den Bahnhof in Traunstein. Auf dem Foto ziehen vier Wagen des Trecks durch die Trostberger Hindenburgstraße (die heutige Hauptstraße) am "Pfaubräu" vorbei stadtauswärts. Es ist bisher das einzige Foto, das überhaupt von diesem Treck der Neu-Futoker existiert. *Foto: Peter Hitzelsperger/A+E*

Von Arthur Pauli und Maria Pfundstein
Trostberg/Traunstein/Wald/Alz.Trostberg im April 1945: Der 82-jährige Peter Hitzelsperger, in den letzten Kriegsmonaten in München ausgebombt, hat in seiner Heimatstadt Zuflucht bei seinen Verwandten in der Hauptstraße - damals noch Hindenburgstraße - gefunden. Sein Wohnhaus und sein Betrieb in Giesing, eine Chemische Reinigung, sind bei einem der vielen Luftangriffe zerstört worden. Im wenigen Gepäck, das er nach Trostberg mitgenommen hat, befindet sich auch ein Fotoapparat mit Farbfilm, denn Peter Hitzelsperger fotografiert gerne und pflegt sein Hobby selbst während der schwierigen Zeiten des Krieges. Er genießt das friedliche Trostberg und hat bei seinen Spaziergängen durch

die Stadt und in die nähere Umgebung immer auch seine Kamera dabei.

Am Nachmittag des 24. April 1945 zieht ein langer Flüchtlingstreck durch Trostberg, jedoch nicht, wie die anderen Flüchtlinge, gen Westen in Richtung München, sondern über den Marienplatz durch die Hindenburgstraße nach Norden. Peter Hitzelsperger zückt seine Kamera und drückt auf den Auslöser. Später, wieder in München, wurde der Film entwickelt und die Dias eingerahmt. Wie vielen Fotografen genügte ihm eine kurze Erinnerungsnotiz auf dem Rahmen. Sicher hätte er nicht im Traum daran gedacht, daß sein Foto vermutlich das einzige überhaupt sein sollte, das von diesem Flüchtlingstreck je gemacht wurde...

1946 starb Peter Hitzelsperger in München, und die Bilder von Trostberg lagen lange vergessen in einem kleinen Karton. 2007 gelangten einige seiner Fotos schließlich in den Besitz des Fotoarchivs "A+E" in Stein a. d. Traun, und die Betreiber Arthur und Elisabeth Pauli waren natürlich interessiert, Näheres über die Bilder zu erfahren – erst recht, da es sich um historisches Bildmaterial aus ihrer eigenen Heimat handelte.

Zu einigen Bildern erhielten sie wertvolle Information durch das profunde Wissen von Helmut Schubert, der aus alten Fotos und Postkarten drei beliebte Bildbände "Trostberg – Bilder aus vergangener Zeit" zusammengestellt hatte. Bei dem Foto von dem Flüchtlingstreck konnte aber auch er nur Vermutungen anstellen. War es möglich, daß dieser Treck fast unbemerkt durch Trostberg gezogen war, oder war es nach nunmehr 63 Jahren einfach nicht mehr möglich, einen Zeitzeugen zu finden, der zu dem Foto noch nähere Angaben machen konnte? Die Suche musste sich nach Norden orientieren, dort, wohin der Treck vermutlich gezogen war.
Endlich kam eine Kopie des Bildes in die Hände der ehemaligen Rektorin und aktiven Heimatforscherin Maria Pfundstein in Wald/Alz. Wie sich bald herausstellte, gab es wohl kaum eine kompetentere Adresse, die das Geheimnis um das Foto lüften konnte. Das Bild zeigt den Treck der Donauschwaben aus Neu-Futok a. d. Donau in der Batschka. Neu-Futok liegt im heutigen Serbien in der Vojvodina im Kreis

Neusatz (jetzt Novi Sad). Die Flüchtlinge zogen am 24. April nachmittags durch Trostberg. Teilnehmer und Zeitzeugen konnten bestätigen, daß es an diesem Tag geregnet hatte.

Die Kolonne war am 9. und 10. Oktober 1944 auf Befehl des dortigen deutschen Militärkommandos aufgebrochen, da die Front immer näher kam. Die Rote Armee rückte bereits auf Belgrad vor. Zu Beginn der Flucht waren es 134 Wagen mit 876 Personen, die sich unter Leitung ihres Bürgermeisters Josef Klingler auf den Weg gemacht hatten. Der Fluchtweg wurde so geführt, daß große Berge umgangen wurden. Über Ungarn und den Plattensee erreichten die Flüchtlinge am 11. November 1944 den Kreis Eisenstadt im Burgenland. Dort wurden sie auf Gemeinden verteilt und fanden Unterkunft für sich und 215 Pferde. Am 30. März 1945 erhielt die Gruppe wieder einen Marschbefehl nach Westen und zog weiter. Die Russen waren zu dieser Zeit bereits bis zur steirischen Grenze vorgedrungen. Am 17. April hatten sie das Ziel Bayern erreicht. Am 18. April, als der Bahnhof Traunstein bombardiert wurde, fanden dabei auch neun Personen der Kolonne den Tod. Sie wurden am 21. April in Traunstein in einem geneinsamen Grab beerdigt. Es folgten Regentage, so daß die Weiterfahrt verschoben wurde. Am 24. April war die Kolonne dann doch trotz des Regens aufgebrochen und erreichte über Trostberg am Abend das Ziel des Marschbefehls, den Landkreis Altötting. Dort wurden sie nach einigen Tagen auf die Gemeinden des südlichen Landkreises verteilt.

Es waren noch immer etwa 800 Personen und 200 Pferde. Die Bauern in Unterneukirchen erinnern sich noch gut daran, daß diese große Kolonne auf der flachen Hochebene zwei Tage lang weithin zu sehen war, bis sie sich auflöste und die Leute auf die Bauernhöfe verteilt worden waren.

In den 50er Jahren bauten diese Flüchtlinge in Garching die Batschka-Siedlung auf. Heute wohnen die Nachkommen dieser Donauschwaben größtenteils noch in Garching und dem Landkreis Altötting.

Teilnehmer des Trecks erkannten auf dem Bild in dem Mann im Vordergrund Johann Beiwinkler, Jahrgang 1903. Dieser war Schmied und deswegen vom Militärkommando abgestellt worden, um notfalls die Wagen zu reparieren. Bürgermeister Klingler schreibt in seinen Erinnerungen: Alle Wagen waren einheitlich. Das Dach bestand aus Eisenstangen im Halbkreis oberhalb der Wagenleitern, darüber war ein Tuch gespannt, das gegen Regen schützen sollte. Fünf Säcke Hafer oder Mais wurden als Futter für die Pferde mitgenommen. Außen am Wagen waren an den Wagenseiten die Blecheimer und das Kochgeschirr angebracht. Der Kutscher, die alten Leute, sowie die Kinder durften auf dem Wagen Platz nehmen. Die anderen mussten zu Fuß gehen. Jüngere hatten oft das Rad dabei und fuhren neben dem Wagen. Der Treck bestand zum großen Teil aus Frauen, alten Leuten und Kindern, da die wehrpflichtigen Männer ja an der Front waren.

Maria Pfundstein wurde hier in der neuen Heimat der Donauschwaben aus Neu-Futok als Tochter der Treckteilnehmerin Maria Zetsch und als Enkelin von Maria und Valentin Dingl geboren, die ebenfalls die lange Odyssee von Neu-Futok bis Garching unversehrt überstanden hatten. Durch Erzählungen in der Familie erlangte sie umfassende Kenntnisse über die Tradition in der Batschka und die Flucht nach

Bayern. Als Ansprechpartnerin für die Donauschwaben in Garching und im südlichen Landkreis Altötting betreibt sie die breite Feldforschung über die Donauschwaben und ihr Leben vor und nach dem Zweiten Weltkrieg.

Großvater erzählt
von Franz Pötting

Mein Enkel hat kürzlich zu mir gesagt:
"Du Opa, ich hätt' dich gern was gefragt.
Sudetenland, sag, was ist das für ein Land,
das mir noch bis heute fast unbekannt?
Die Mama hat mir schon davon erzählt,
dass dich immer wieder das Heimweh quält.
Wie groß und wie schön war denn dieses Land
und habt Ihr so Eure Heimat genannt?
Wie heißen die Berge, Flüsse, die Stadt,
aus der man Euch damals vertrieben hat?
Im Unterricht habe ich nichts gehört,
das hat mich bekümmert hat mich gestört.
Die Ahnen, sie kamen woher, sag' mir,
ich trag' deinen Namen, doch wer sind wir?
Was euch widerfuhr und dir ist passiert,
in all jenen Jahren, es interessiert.
Wenn ich so viel frage, Opa verzeih',
möchte alles erfahren, war nicht dabei."
"Komm her zu mir, setz' dich mein Enkelsohn,
erzähle dir gerne etwas davon.

Nun endlich auch dich die Neugierde plagt;
ich hätt' dir so gerne manches früher gesagt.
Dass du danach fragst, das freut mich gar sehr,
denn später kann ich es vielleicht nicht mehr.
Das Land der Sudeten, ein Grenzgebiet,
seit langem uns Deutsche von Tschechen schied.
Gebirge aus Urgestein, wie ein Saum,
umspannen als Klammer böhmischen Raum.
Dazwischen die Täler mit Wäldern weit -
Von hier ein paar Stunden nur Reisezeit.
Die Heimat war einst ein blühendes Land
die Menschen emsig mit Herz und Verstand.
In Ehrlichkeit, Freimut sahen sie Sinn,
nur Arbeit und Leistung brachten Gewinn.
Sie standen in Treue zum Egerland,
wo jeder von uns Geborgenheit fand.
Die Erde barg Schätze gar vielerlei:
An Silber und Zinn, von Wolfram bis Blei;
Hielt Feldspat und Quarze in ihrem Schoß,
der Vorrat an Kohle war groß.
Man fertigte Gläser und Porzellan,
Musikinstrumente, Spielwaren an.

In Blüte stand mancherlei Industrie
Mit Waren von Güte und Harmonie.
Für Kuren galt stets der ärztliche Rat:
Marienbad, Karlsbad, Franzensbad.
Der heilende Quell Erholung verschafft,
den Kranken Gesundheit und neue Kraft.
Doch nicht nur an Eger, am Elbestrom,.
stehn' Burgen und Schlösser und manch ein Dom.
Der Reigen der Städte in breiter Spur,
sie pflegen ererbte deutsche Kultur.
Die Kaiserpfalz. Reichenberg. Trautenau,
bedeutend war'n sie im Sudetengau.
Wir sahen mit Stolz unser Heimatland,
in dem uns die Mundart innig verband.
Der Vorfahren Brauchtum · war uns Gebot,
das Volkstum jedoch von Tschechen bedroht.
Erst recht als der Weltkrieg verloren war,
ein Benesch dann herrschte als Prager Zar.
Dein Volk der Sudeten erging es schlecht
Enteignet, versklavt, Gewalt stand vor Recht.
Die Tschechen, erfüllt von sinnlosem Haß,
verfolgten uns Deutsche ohn' Unterlaß.

Letztendlich man sie - der Welt sei's geklagt,
Von Haus und von Hof, aus der Heimat jagt.
In Fremde vertrieben und bettelarm,
verstreut in die Winde, daß Gott erbarm'
Im restlichen Deutschland war groß die Not,
der Hunger, der Kampf um das tägliche Brot.
Der Anfang war schwer - wer denkt noch daran?
Mit Sparsamkeit, Fleiß man wieder begann.
Wie Ahnen gerodet böhmisches Land,
so nahmen wir hier den Spaten zur Hand.
Wie es sich geziemt uns'rem Menschenschlag,
der zäh sich behauptet, komme, was mag.
Wir haben es wieder, mit Mut und Bedacht,
Vertreibern zum Trotz zu Wohlstand gebracht!
Erlittenes Unrecht stets in mir nagt
Ich hab' dir politisch noch nichts gesagt;
Vermied der Geschichte Zusammenhang,
weshalb die Gemeinsamkeit oft mißlang.
Die Wahrheit ist an der Moldau verpönt,
die eigene Schuld wird gerne geschont
Historisch gehörten, merke dir gleich,
die böhmischen Länder zu Österreich.

Als Achtzehn dann die Monarchie zerfiel,
da hatten dann die Slawen leichtes Spiel
Man zwang uns Bewohner zum Tschechenstaat,
das Recht zu bestimmen blieb Postulat
Schikanen und Nachteile gab es viel,
die Tschechisierung war oberstes Ziel.
Das Grenzland erfuhr mehr Not und mehr Leid,
dem Untergang schien das Deutschtum geweiht
Der Ruf nach dem Anschluß ans Deutsche Reich
War Anfang vom End' der "Tschechei" zugleich.
Die "Heimreise" neulich, du kamst nicht mit;
ich hätt' dir gezeigt auf Schritt und Tritt,
wie Unverstand Landschaft und Stadt verheert,
die einmal als Kleinod begehrt, verehrt.
Der Bauer die Fluren in Ordnung hielt,
Du sollst sie sehen, ein Jammerbild'
im Herzen bleibt uns die Erinnerung,
an früher, an damals, als wir noch jung.
Wir denken an Kindheit, an Jugendzeit,
und fühlen die Wehmut, die Bitterkeit.
Wer drüben in Böhmen geboren ist,
sein Lebtag wohl nie die Heimat vergißt.

Ich habe dir längst nicht alles erzählt,
für dich einen Überblick ausgewählt."-
So sprach ich zu ihm. Das war mein Bericht.
Mein Enkel blieb stumm, war fahl im Gesicht.
Dann meinte er leis': Das wußte ich nicht
Hab Dank, schreibe du dazu ein Gedicht!
Sudetenland - Egerland - Heimatland,
aus dem seid ihr seit Jahrzehnten verbannt.
Mit Landsleuten, Freunden triffst du dich oft,
Habt ihr denn jemals auf Rückkehr gehofft?
Der Heimatbericht hat mich tief bewegt-
du hast mir dein Böhmen ans Herz gelegt."

Mauerfall

von Maria Mader

Wir erinnern uns an Weihnacht 1989
zur DDR da waren plötzlich die Grenzen auf!
Die weitläufige Verwandtschaft tauchte auf…
40 Jahre waren wir in loser Verbindung,
mit Pakete schicken – Briefe über Geburten
und Sterben,
wir Wessis trugen mit bei, drüben die Not zu lindern
schickten doppelt soviel, wenn wir was erbten…

Eine Woche vor Weihnachten, war es dann soweit –
Sie standen vor der Tür, und baten um Einlass heit
Ich war erschrocken, nicht schlecht
Hab mich gleich wieder gefangen –
es wird ja Weihnacht, so ist es recht.

Der Meinige ist dann losgezogen
mit die Verwandten –
Haben auch noch Anzüge bettelt,
bei die Bekannten –

Eingekauft, für 6 Familien Weihnachtspaket –
Sie haben sich narrisch gfreit, uns hat nix gefehlt!

So wie bei uns, ist es vielen bei Euch geschehn
Auch wenn man die Verwandten, über 40 Jahr
hat net gesegn
Denn die Augen san dena übgerganga
Sowas haben sie noch nie nicht gesegn

Alles ist Gott sei Dank, so geblieben bis heit –
Auch wenn meckern manche Landsleut
Die haben bestimmt vergessen
Daß wir auch einmal haben nichts besessen,
und in der westlichen Zone sind
die 44 Jahr mir vergangen wie der Wind!

Der Frieden in Europa geht weiter,
endlich wurde auch der Osten gescheiter!
Ohne Gewalt wird es hier hoffentlich weitergehn,
denn sowas hat die Welt noch nie gesehn.

Die Steuer, die wir zahlen jetzt mehr,
sollte, christlich genommen, uns sein eine Ehr.

Langes Leben und Gesundheit,
ja was wolln mir noch mehr….

November 1990

Henriette Horn   *Josef Horn*

Josef Horn, der Vetter von Franz Wilke

Der Vetter von Franz Wilke war mit ihm 1938 eine Woche in München. Sein einziges Kind ist Henriette, die dann 1945 mit ihrer Mutter Irma Horn nach Kühlungsborn vertrieben wurde. Beheimatet waren sie ursprünglich in Kninitz, Kreis Aussig. Seit 1948 waren wir wieder in Verbindung. Meine Cousine Jetti, die genauso alt war wie ich, heiratete bald ihren Willi, einen Kühlungsborner. Dieser war Maler und Tapezierer wie mein Mann, und sie verstanden sich natürlich sehr gut. Auch vor dem Mauerbau besuchten wir die Familie. Nach der unseligen Mauer schickten wir fleißig Pakete, denn Jetti und Willi hatten fünf gesunde Kinder. Trotz der Mauer waren wir 1985 zu Besuch. Allein für Heringe musste man zwei Stunden anstehen. Mein Bruder und wir schickten weiter fleißig Pakete mit Klamotten für die Kinder und Essen. Die Verbindung riss nie ab, man war über Hochzeiten oder Taufen der Enkel immer informiert.

An meine Freunde und Verwandten 27.10.2011

Der etwas ungewöhnliche Weihnachtsbrief

Eigentlich habe ich es nur mit größter Kraftanstrengung bis heute geschafft. Anfang Oktober 2011 ging alles sehr schnell, binnen einer Woche die erste Krebs-OP im Dickdarm. Gottlob keine Streuung, doch eine Woche später die zweite OP; angeblich habe die Wunde sich entzündet und es müsse nochmal operiert und ein falscher Ausgang gelegt werden. Für diese Entscheidung hatte ich genau 5 Minuten Zeit. Nach meiner Entscheidung brauchte ich Psychopharmaka, aber ich hatte mich für die OP entschieden. Nach der OP bekam ich 10 Tage nur Infusionen und durfte nichts essen. Abgemagert von 58 kg auf 44 kg, meine Beine voll Wasser, weil ich die Kompressionsstrümpfe nicht vertrug. Meine Beine waren so schwer, dass ich sie nicht alleine aus dem Bett heben konnte, und so mussten mir die Schwestern jedes Mal helfen. Um auf die Toilette zu gehen, musste ich die größten Qualen meines Lebens durchstehen. Die Hüftoperationen waren ein Klacks dagegen. Der größte Lichtblick war die Reha in Wartenberg, Kreis Erding. In drei Tagen bekam meine Ärztin das Wasser weg, auch bekam ich noch Infusionen. Meine Bauchwunde war voller Eiter und musste nochmals aufgeschnitten werden. Ich konnte wieder gehen und langsam wurde ich ein Mensch. Sechsmal am Tag bekam ich kleine Portionen und dreimal in der Nacht, und oh Glück, ich hatte ein Einzelzimmer. Ich wollte außer meiner Familie niemanden sehen oder gar telefonieren, ich wollte in Ruhe gesund werden. Trotz großer Strapazen bekam ich wieder einen Lebenswillen, hatte viel Kraft und Gehtraining, und der Pflegedienst war mir eine sehr große Hilfe. Am 23.11. kam ich wieder heim, und genoss beste Pflege von Detlef und dem Pflegedienst. Ende Februar wird mein falscher Ausgang zurückverlegt! Zu meiner größten Freude!

Weihnachtsengerl und andere Engerl

"Schaut, o' schaut ihr Kinder und Leut', Sie flitzen jetzt grad so umanand – man muss einfach bloß richtig hinschaun …

Wenn's a net g'nufa – se schau'n Dir doch ab und zu über die Schulter, geb'n Dir an Schubsara, wenn'st ab und zu an Bledsinn mochst. Bist traurig, denk an Dei Engerl und werst as seg'n, glei host wieda an frischen Muat. Natürl an die Himmelswesen muast a glab'n.

Unsere Kloane hot bestimmt ihren Wunschzettel für's Christkind geschrieben und auf's Fensterbrett g'legt; am ander'n Tog liegt der allweil no da. Dös is ganz normal, weil die Engerl einfach nur lesen und die Oma's, Opa's und Eltern aktivieren, was dö kaufa soll'n. Denn solche Engerl' ham anderer Vorstellungen von Nützlichkeit und Seelenheil. Dös Computerspiel is net immerso wichtig wi a guts Buch, a kloane Puppen oder a G'spiel für die ganze Familie. An scheena Block, Malstifte oder a ganz a öid's Spielzeug von Onkeln und Tanten. Oder sich erfreuen am Christbaam und gemeinsamen Unternehmungen. San doch die Eltern manchmal oft Schuld, weil's einfach koa Zeit ham für Kinder und nur dem Geld nachi renna müssen.

Die Einsicht kommt meist spät, doch nie zu spät sag'h, dass nicht nur in der Weihnachtszeit." gerl Bid'l war wieda angebracht. Es tat a manchen Erwachsenen gut, sich wieder auf sein. Schutzenger'l zu b'sinna und es zu bitten, wenn's nimma weiter geht. Es hilft bestimmt, man muss es nur in Anspruch nehma und dann dös Danken net vergessen.

Ich wünsch Jeden von Euch an lieben Schutzengel, und nachtszeit."

Maria Mader aus Erding

1938-2000 Tscheche sein ist auch nicht immer leicht!
Mein bester Volksschulkamerad Franz P.

Wir waren seit der ersten Klasse zusammen, ein tschechischer Bub namens Franz und ich. Seine Eltern kamen zu Schulbeginn 1938 aus dem tschechischen Süden. Ihre Kinder sprachen nur Deutsch. Der Arme konnte kein Wort tschechisch. Franz und ich waren in allen Fächern sofort die Besten, auch in Vorturnen. Zum Abschied in der vierten Klasse malte er mir in mein Poesiealbum. Ein wunderschönes Segelschiff auf dem Meer. Am Grund lag eine geöffnete Muschel mit Perle. Auf den Spruch kann ich mich nur teilweise entsinnen: „...Denn die Perle liegt am Grunde... ein Küsschen auf die Wange und stummes Umarmen!" Wir sollten uns erst 1980 in Kulm wiedersehen. Er erzählte mir kurz seine Lebensgeschichte: als ich in die Oberschule ging, durfte er nicht aufs Gymnasium, weil seine Eltern tschechische Staatsbürger waren. Dann 1945, als der Zusammenbruch des Großdeutschen Reiches kam, kurz: die Kapitulation, durfte Franz wieder nicht auf die Schule, da er nur Deutsch sprach! Ich kam nie mehr vor der Ausweisung nach Kulm, und Franz lernte fleißig tschechisch, da Kontakte mit Deutschen streng verboten waren. Ich wohnte in Arbesau-Post, in Kulm waren die Kirche und die Volksschule. Denn unser Pfarrer, Herr Schunert, wurde der Kirche beraubt und gleich zu Anfang ausgewiesen. Wir Arbesauer und Tellnitzer fuhren Anfang der 80er Jahre in unsere Heimat, unter anderem auch nach Kulm. Einige aus unserer Gruppe kamen mit mir, um Franz zu besuchen. Dieser erzählte, daß er es als Tscheche auch nicht leicht hatte. Er musste den Beruf des Kunsttischlers erlernen und war ebenso Schikanen ausgesetzt, aber lange nicht so wie wir. Er flachste noch, wenn alles so geblieben wäre, dann hätte es mit uns etwas werden können. Der Mensch denkt und Gott lenkt. Unsere Gruppe besuchte Franz jedes Mal, wenn wir in die Heimat fuhren, um Geschichten auszutauschen. Er hatte von einer deutschen Familie aus Kulm das Haus übernommen. Franz starb 2000 an Krebs, seine Witwe treffe ich regelmäßig beim Kulmer Fest in der

Kirche. Es ist alles anders und doch noch Heimat! Franz starb relativ schnell, er hatte Lungenkrebs. War es die verschmutzte Luft der Kohlekraftwerke?

Im September 1946
tschechischem Mob entkommen

Wir fuhren damals selten mit der Straßenbahn, da wir ab 10 Jahren die weiße Armbinde tragen mussten, welche uns als Deutsche kennzeichnete. Es passierte manchmal, daß man als Deutscher aus der fahrenden Straßenbahn geworfen wurde, oder die Kerle vergewaltigten die Mädchen. Ich arbeitete in Auschine. Von Auschine ging ich eine Dreiviertelstunde nach Arbesau.

Als ich die Abkürzung zu unserem Haus nehmen wollte, kamen 5 Jugendliche auf mich zu, grölten und schrien: „Jetzt haben wir endlich eine deutsche Sau! Die machen wir fertig." Als sie mich schon am Ärmel hatten, tauchte plötzlich ein tschechischer, adretter, junger Mann auf, 16 Jahre alt, wie er mir später erzählte. „Doje moje Manja!" – Das ist meine Maria. Sie wichen zurück, er hakte sich ein, gab mir ein Küsschen und ging mit mir die Abkürzung, die Kuhdrebe, bis zu unserem Haus. Er erklärte mir, sie seien Tschechen, die in Sachsen gewohnt hatten und sich jetzt in der Tschechei ansiedeln wollten.

Er erzählte noch allerlei, nannte aber keine Namen. Er begleitete mich bis zur Haustür. Ich dachte noch lange über die Begebenheiten nach, die mir vielleicht das Leben gerettet haben. Es kann nur mein Schutzengel gewesen sein. Er sagte auch: „Wir sehen uns jetzt nie wieder, du gehst nach Deutschland und ich bleibe hier! Habe andere Aufgaben."

Ich dankte ihm innig – er sah dies als selbstverständlich. Woher wusste er, daß wir Anfang Dezember weg mussten?

Bänkel – Hochdeutsch: Schemel

Rückblick: Während meine Eltern eingesperrt waren, blieben Hermann und ich auf uns allein gestellt, und ich mit meinem 13 Jahren wusste nicht so wirklich, wie ich mit der Situation zurecht kommen sollte. Oma kam mit der Straßenbahn jede Woche einmal – Gott sei Dank, daß ihr nie was passiert ist – zu uns und erklärte mir, wie ich den Haushalt zu führen hatte. Auch gute Ratschläge fürs Leben hat sie mir gegeben, viele habe ich zu spät befolgt. Zum Beispiel half sie mir, mit dem wenigen Geld zurechtzukommen, so daß noch etwas zum Sparen übrig blieb. Mit ihren 8 Kindern und dem Gehalt eines Lehrers hatte sie dies schnell gelernt. Als das Geld knapp war, ging mein Großvater oft mit seinen Schülern in den Wald, lehrte Botanik und sammelte mit ihnen Essbares wie Früchte und Pilze. Oma zauberte immer etwas Schmackhaftes daraus! Auch von den Bauern bekam sie oft Mehl oder Milch, und wenn geschlachtet wurde auch mal ein Stück Fleisch. Als die Kinder größer wurden, bekam Opa eine Stelle als Oberlehrer und verdiente mehr Geld.

Mit 50 Jahren wurde er von den Tschechen aus dem Staatsdienst entlassen und arbeitete bis zur Vertreibung als Kassier bei der Volks- und Raiffeisenbank. Das schlimmste an der ganzen Vertreibung bleibt das Auseinanderreißen der Sippen und Familien.

6. Mai 2012: Durch das Gedicht „Der Schemel" von Hans-Heinz Dum, vorgetragen in Offenhausen, Österreich, bei den Dichtersteintagen, kam ich auf unseren alten Schemel von Oma Dörfel.

Auch ich habe für mich einen kostbaren Schemel. Darauf hat Omama die letzten Jahre ihres Lebens ihre müden Füße ausgeruht. Nach Opas Bericht brachte er diesen Schemel mit nach Bayern.
Die Großeltern Dörfel wurden zunächst nach Wismar, Kreis Weimar, vertrieben. Zuhause waren sie der Mittelpunkt ihrer sechs Enkel und acht Kinder mit Ehepartner gewesen. Sämtliche großen Feste hatte man bei ihnen gefeiert. Doch dann kam die Ausweisung. In der kalten Fremde fehlten meiner Oma ihre Kinder und Enkel sehr. Ehemals

eine große, stattliche Frau, magerte sie wegen ihres Hungers auf 45 kg ab. Sie gab sich einfach auf und entschied sich für den eigenen Tod.

Das Schicksal war gemein. Einen Tag nach ihrem Freitod kam das erste Päckchen mit Lebensmitteln von uns aus Bayern. Ich hatte mich für einen Jahr bei dem größten Bauern verdingt. Einen großen Teil des Lohns bekam ich in Naturalien, es half meiner Familie sehr, um über die ersten schweren Jahre zu kommen.

Aber zurück zu meinem Schemel: Hat ihn Opapa selbst gemacht, oder war er gar von zu Hause? Oder wurde er ihnen geschenkt? Das ist nicht mehr nachvollziehbar. Da dieser Schemel sehr wichtig für meine Oma war, ist er mir sehr ans Herz gewachsen. Er erinnert mich immer an sie. 1949 holte mein Vater meinen Opa mit wenigen Habseligkeiten und eben diesem Schemel nach Bayern, um dort mit der Familie zu leben.

Als meine Mama alt war, benutzte sie ihn auch oft, denn sie stickte viel und hat viele Handarbeiten hinterlassen.

Heute befindet sich dieser Schemel bei mir und ich benutzte ihn im Wissen um seine Geschichte.

Heimatreise der Donauschwaben
von Passau nach Neusatz per Schiff

September 2004. Gerne erinnere ich mich an die Donauschifffahrt. Der evangelische Pfarrer Manfred Wagner aus Reutlingen hatte im Namen der Gemeinde Katsch alles wohl organisiert. Es war eine Pilgerreise und ein donauschwäbischer Heimatbesuch der evangelischen und katholischen Gemeinden. Auch ich nahm im Gedenken meines Mannes, unter Führung unseres evangelischen Pfarrers, an dieser Kreuzfahrt teil. Während der Fahrt gab es Filme, Vorträge und Diskussionen über die alte Heimat. Oft fehlte mir mein Mann. Doch ich wurde reichlich von Fritz Falkenstein beschäftigt, der mir viel über ihre Heimat berichtete. Es war wie ein Traum, und ich stand vor dem Elternhaus meines Mannes, jedoch läutete ich nicht. Ich war oft an dem Platz an der Donau, wo Hans sein Ruderboot hatte. Und gerade da lag auch jetzt ein altes umgedreht im Gras. Ich meinte, mein Hans müsste jeden Moment kommen.

Der heutige Bürgermeister von Neusatz lud alle Pilger zu einem Empfang ein. Er sprach Deutsch, es war ganz nach meinem Sinne. Er entschuldigte sich, daß alles so kam wie es ist, er würde gerne vieles ungeschehen machen, wenn es ginge. Die Pfarrer Wagner und Falkenstein bedankten sich in unserem Namen und luden recht herzlich nach Bayern ein. Ebenso wurde beim orthodoxen Pfarrer in seiner Kirche eine große Messe Gott und uns zu Ehren gehalten. Es war meine erste orthodoxe Messe. Mit den drei Religionen wurde diese gefeiert.

Eine der Reisen, die für mich unvergesslich sind.

Neusatz — Dienstag, 25. Oktober 2005

Vieles wünscht sich der Mensch, und doch bedarf er nur wenig.
(Johann Wolfgang von Goethe)

06:30 Uhr	Radio-Kanal 2	„MS Sofia-Morgenwecker": Mit Musik geht alles besser!
ab 06:45 Uhr	Restaurant	**Frühstücksbuffet** *(bis 08:15 Uhr)*
08:30 Uhr		Abfahrt vom Hafen in die Heimatdörfer. **Wir bitten Sie höflichst, pünktlich zu sein!**
19:15 Uhr	Restaurant	Abendessen.
21:15 Uhr	Panoramabar	Bunter Folkloreabend auf dem Schiff mit der bekannten Volkstanz- und Musikgruppe aus Kać
anschließend	Panoramabar	Tanzmusik mit der **Sesam-Band**

Neusatz — Mittwoch, 26. Oktober 2005

Der Ursprung aller Dinge ist klein.
(Cicero)

07:15 Uhr	Radio-Kanal 2	„MS Sofia-Morgenwecker": Mit Musik geht alles besser!
ab 07:15 Uhr	Restaurant	**Frühstücksbuffet** *(bis 09:15 Uhr)*
09:30 Uhr		Abfahrt der Busse nach Sremski Karlovci. **Wir bitten Sie höflichst, pünktlich zu sein!**
12:15 Uhr	Restaurant	Mittagessen an Bord
14:30 Uhr		Abfahrt nach Peterwaradein, Besichtigung der größten Festung Europas.
16:30 Uhr		Vernissage im Vojvodiner Museum, anschließend Stehempfang mit Imbiss
19:00 Uhr		Vom Museum zu Fuß zur Kathedrale zum Ökumenischen Gottesdienst
		Rückfahrt zum Schiff
21:00 Uhr	Restaurant	**Bulgarisches Abendessen** an Bord
22:30 Uhr	Panoramabar	Tanzmusik mit dem **Sesam-Duo**

Wichtig: Bitte, geben Sie Ihre Reisepässe bis 23:45 Uhr an der Rezeption ab!

02:30 Uhr		Alle Gäste an Bord!
Ca. 03:00 Uhr	am 27.10	„Leinen los!" - Abfahrt der MS Sofia in Richtung Passau

Flußfahrt

Donnerstag, 27. Oktober 2005

Die allerstillste Liebe ist die Liebe zum Guten.
(Marie von Ebner-Eschenbach)

07:30 Uhr	Radio-Kanal 2	„MS Sofia-Morgenwecker": Mit Musik geht alles besser!
ab 07:30 Uhr	Restaurant	**Frühstücksbuffet** (bis 09:30 Uhr)

Wir bitten höflichst alle Gäste bis 10:00 Uhr Ihre Reisepässe an der Rezeption abzugeben!

09:30 Uhr	Treffpunkt-Panoramabar	**Maschinenraumführung.** Alle Gäste, die sich dafür interessieren, werden in der Panoramabar erwartet.
10:00 Uhr	Panoramabar	Dr. Ingomar Senz, Vortrag: „Kolonistengeist und Erfolgsdynamik einer Donauschwäbischen Großfamilie aus der Batschka".
12:15 Uhr	Restaurant	**Mittagessen**
Ca. 13:00 Uhr		Ankunft in Bezdan. Serbische Ausreisekontrolle. **Kein Landgang möglich!**
15:00 Uhr	Panoramabar	Josef Wolf, Vortrag: „Die Donaufahrt im 18 und 19. Jahrhundert. Ausbau und Gestaltung der großen Wasserstraße und Ihre Bedeutung in der Herausbildung moderner Kommunikationsstrukturen."
16:00 Uhr	Restaurant	Musikalische Kaffeezeit mit der Sesam-Band (bis 16:45)
19:00 Uhr	Restaurant	**Abendessen**
21:30 Uhr	Panoramabar	Tanzmusik mit der **Sesam-Band**

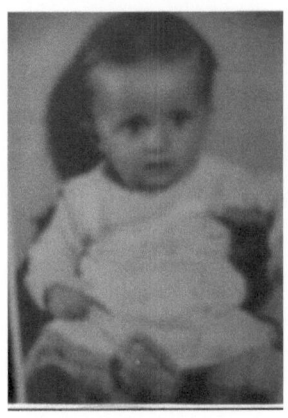

mein Taufkind Christl

Christl Wilke

Die Verbindung zu meiner Cousine Christl Wilke riß nie ab. Nachdem die Berliner Mauer weg war, folgten jedes Jahr Besuche in Berlin und Erding, immer wechselweise – und natürlich mit Familie. Christl kam mit ihrem Ehemann Manfred, Sohn Dirk und Enkeltochter Christin.

Anfang Januar 2015, an mein Taufkind Christl:

Bei Deinen Eltern möchte ich mich bedanken, daß es Dich gibt! Und bei Dir und Manfred, daß Ihr mich – mit Hans oder später allein – immer so lange und lieb aufgenommen habt! Dann seid Ihr später auch öfter nach Erding gekommen; da gebe ich mein Zepter gern aus der Hand. Denn Ihr beiden habt Euch um uns und um alles gekümmert. Und jetzt freue ich mich, daß ich irgendwann Deine Enkelin Christin wiederseh? Natürlich Deinen Sohn Dirk nicht zu vergessen! Jetzt wäre er Erbhofbauer – was sagt Ihr dazu? Ich hab immer noch Träume. Manch einer erfüllt sich dann und wann... Meine Freude ist groß, daß Christin sich jetzt für ihre Vorfahren interessiert. Was Unterlagen angeht, kann sie bei mir aus dem Vollen schöpfen!
Ich lade Euch ein, bei der Buchvorstellung in Erding dabei zu sein, das Ganze findet statt: am 10. Jänner 2015 beim Mayr-Wirt. Mit Liedern und Lesung und bayrischer Brotzeit. – Ist das kein Angebot?